FLORENTIN LEFILS

CH' QUIOT PICARD

ÉPISODE HISTORIQUE DU XVIᵉ SIÈCLE

PREMIER VOLUME

ABBEVILLE

RÉNÉ HOUSSE, IMPRIMEUR-ÉDITEUR

Rue Saint-Gilles, 106

1860

CH' QUIOT PICARD

4182

FLORENTIN LEFILS

—

CH' QUIOT PICARD

—

 ÉPISODE HISTORIQUE DU XVIe SIÈCLE

—

PREMIER VOLUME

—

ABBEVILLE

RÉNÉ HOUSSE, IMPRIMEUR-ÉDITEUR

Rue Saint-Gilles, 106

1860

CH' QUIOT PICARD

CHAPITRE Ier.

Où l'on fait connaissance avec le seigneur de Maisnières.

Dans les commencements du seizième siècle, les environs d'Abbeville, vers la mer, n'étaient pas ce que nous les voyons aujourd'hui. La vue, de la porte d'Hocquet et du pont Rouge, dégagée des arbres qui ombragent aujourd'hui le paysage de Sur-Somme jusqu'au Petit-Port, s'étendait sans obstacles jusqu'à la mer. On apercevait, d'un côté, sur la droite, le côteau élevé de Laviers ombragé de bois et couronné par le sombre donjon de Toflet; et sur la gauche, la butte de Saint-Valery noyée dans les brumes de la Manche. A marée haute, c'était une vaste baie que sillonnaient les bateaux de pêche du port et les navires de commerce qui y apportaient des vins de Saintonge, du plomb d'Angleterre et des chanvres de Hollande. Lorsque la mer était retirée, elle laissait à découvert de vastes marais qui ne demandaient

que des travaux de terrassement pour être sous-
traits aux inondations du flux.

Les côteaux de Laviers, sur la droite, et les collines de Gouy et de Saigneville, sur la gauche,
étaient battus à marée haute par les flots de la mer;
un chemin en suivait les contours inférieurs, mais
la marche y était presque toujours très-difficile et
les communications se trouvaient forcément inter-
rompues pendant les fortes marées. Ce ne fut que
bien longtemps après l'époque dont nous parlons,
qu'on traça un chemin direct d'Abbeville à Saint-
Valery.

Par une soirée du mois de mars 1588, un cavalier
bien monté suivait ce chemin pénible du bas des
collines; on était en quadrature et, depuis plus de
huit jours, la mer couvrait à peine les marais qui se
formaient le long des côteaux entre Abbeville et Saint-
Valery : il n'y avait donc aucun danger que la marée
put venir le surprendre; mais le terrain était gras,
tourbeux, inégal, ce qui rendait la marche pénible
et difficile. Cependant le cavalier paraissait pressé
d'arriver; et malgré les coups d'éperons dont il
fatiguait sa monture, le soir avançait rapidement, et
il n'était pas encore descendu dans le fond de Gouy
que déjà il était nuit close.

Mais là le chemin se bifurquait en deux branches
pour se rendre à Abbeville; l'un descendait par les
marais et gagnait directement le faubourg de Rouvroy; l'autre s'écartait un peu dans les champs, sur

la droite, et se rendait au même but par Cambron et Mautort; celui-ci était plus beau et plus sûr; le cavalier le prit de préférence : il était bien monté, en une demie heure il comptait être rendu à Abbeville.

Tous les citoyens de cette époque avaient tant soit peu l'air martial, ce qu'on peut raisonnablement attribuer aux mœurs presque encore barbares dans lesquelles on vivait ; celui-ci, par sa tournure un peu prétentieuse, ses couleurs fortes, son embonpoint respectable et la placidité de sa physionomie, trahissait un notable de la bourgeoisie. Cependant son regard était fier, deux moustaches grises relevées en pointe et une barbiche à la Henri III donnaient à ses traits un caractère qui s'harmonisait avec la fine épée, dont la garde damasquinée or relevait fièrement les basques de son hocqueton de velours violet; on devinait aussi que les fontes attachées à la selle de son cheval contenaient autre chose que des bouteilles de vin; son feutre gris, orné d'une plume et posé militairement sur le côté gauche de sa tête, relevait encore cette apparence martiale. Un physionomiste aurait pu remarquer dans ces traits fortement accentués, dans cette bouche pincée et cette main fièrement appuyée sur la hanche, une volonté qui ne plierait point au premier caprice : à la rigueur, on pouvait prendre notre bourgeois pour un officier de troupe en tournée et on devait y regarder à deux fois avant de lui chercher noise.

Le cavalier, que nous nommerons le seigneur de Maisnières, conseiller honoraire au présidial d'Abbeville, paraissait en proie à une certaine préoccupation. Etait-ce la crainte d'être, à cette heure tardive, rencontré par quelque bande d'aventuriers qui, alors, ravageaient le pays et se réfugiaient dans les bois et les carrières, ou bien par quelque huguenot qui aurait cru se venger sur lui des persécutions exercées contre ses coréligionnaires ? L'annotateur de qui nous tenons ce récit ne le dit point, mais il nous laisse supposer que les pensées du seigneur de Maisnières étaient sérieusement à l'objet de son voyage, car il murmurait entre ses dents :

— Monseigneur le duc d'Aumale, gouverneur de Picardie, m'a fait beaucoup d'honneur en me donnant sa confiance : c'est, m'a-t-il dit, sur ma réputation de zélé catholique qu'il s'est adressé à moi pour rendre service à la cause de l'Etat et de la religion. C'est sans doute très-glorieux et très-honorable ; mais je ne voudrais point cependant que cela me mît trop en avant, car, à Abbeville, on est très-religieux, mais on n'y aime point les excès, et la trop grande confiance de monseigneur pourrait, dans ce cas, me compromettre...

Ici la mauvaise humeur du conseiller reprenait le dessus, il ne disait plus rien pendant un moment, ou bien il reprenait d'un ton de décision :

— Ah bast ! que me fait l'opinion ! N'ai-je point un fils à pousser dans la carrière des armes et une fille à marier honorablement. L'amitié du duc d'Aumale peut, dans ces circonstances, m'être très-utile.

Et le cheval du seigneur de Maisnières trottait, et le cavalier retombait dans ses supputations.

— Quel si grand intérêt a-t-il donc de savoir ce qu'est devenu un marquis de Sillery, que personne dans ce pays ne connait, dont on n'a jamais entendu parler ? Il suppose qu'il a dû habiter Saint-Valery ou les environs; or, pour lui prouver mon désir de lui être agréable, je reviens moi-même de Saint-Valery; le nom de Sillery y est absolument inconnu. Monseigneur ne me croira pas, peut-être, et pourtant j'ai fait toutes choses humainement possibles pour satisfaire ses intentions.

Cependant depuis un moment le cheval ralentissait le pas; le seigneur de Maisnières s'aperçut alors qu'un brouillard épais s'était levé et qu'il était impossible de voir à dix pas devant soi. Il éperonna sa monture; mais à chaque instant elle buttait, et il reconnut bientôt qu'elle ne suivait plus le chemin frayé, mais qu'elle était entrée dans les terres labourées. Pensant qu'il avait pris trop à droite, il inclina à gauche pour reprendre la route, mais il eut beau faire, il continuait d'errer à travers champs, et, après une heure de recherches inquiètes, il n'était pas plus avancé.

Maisnières commençait à jurer tout de bon et, s'en prenant à son pauvre cheval, il redoublait de coups d'éperons et de cravache; mais, à cette injonc-

1.

tion brutale, le cheval répondit enfin en se cabrant :
il ne voulait plus avancer. Le plus sage parti était de
descendre afin d'essayer par la douceur ce que les
coups ne pouvaient obtenir ; Maisnières caressa la
tête de son cheval, lui parla, lui faisant comprendre
qu'ils allaient bientôt arriver, qu'il aurait un picotin
d'avoine et une bonne litière pour se reposer; puis
le prenant par la bride, il marcha à côté de lui dans
la direction où il supposait que devait se trouver
Abbeville.

Bientôt il lui sembla que le brouillard se dissipait;
il voyait une plus grande étendue de terrain, mais
ni arbre ni chemin; enfin une lumière lui apparut.

— Nous y voilà, dit-il, ce sont les lumières de
Cambron. Allons, Finole, ajouta t-il en remontant en
selle, un peu de courage ; dans cinq minutes nous
serons chez nous.

Finole trotta, moins vite cependant qu'aurait
voulu le seigneur de Maisnières; mais au bout de
vingt minutes, cheval et cavalier n'étaient pas plus
avancés, et la lumière apparaissait toujours immobile
devant eux.

— Je me suis écarté plus que je ne croyais, se dit
Maisnières, j'étais sans doute du côté du Quesnoy-
Montant, cette lumière est sur les hauteurs. Enfin,
pourtant, je dois y arriver, encore un peu de courage; une fois que nous y serons, nous réparerons
le temps perdu.

Mais Finole n'avançait qu'en hésitant et hénis-

sait comme si elle avait pressenti un danger. Maisnières regarda à ses pieds, un large fossé s'allongeait
en travers. Fallait-il le suivre à droite ou à gauche?
Il opta pour la droite; mais le fossé était tortueux
et d'inégale largeur.

— Je suis dans les marais, s'écria Maisnières,
obliquons à droite. ·

Mais il eut beau tourner à droite, revenir à
gauche, devant ou derrière, il rencontrait partout
des fossés, des fondrières; c'était un véritable
labyrinthe. La brume était un peu dissipée et la
lumière qui brillait toujours devant lui, semblait
fuir et se dérober à ses atteintes; pour y arriver il y
avait de quoi se casser le cou, et elle paraissait
d'ailleurs être très-élevée. Il prit de nouveau la
résolution de descendre de cheval et d'essayer de
se guider à pied. Il erra ainsi pendant une heure
encore et toujours la lumière apparaissait devant
lui, ou à droite ou à gauche.

Maisnières maudit alors la fatalité qui l'avait attardé et conduit au milieu des marais de la baie, la
brume se dissipait encore, il apercevait confusément
des arbres et des côteaux, mais il ne pouvait parvenir à sortir du dédale de fossés au milieu des-
quels il était entré.

Ce qui augmentait son inquiétude, c'est que,
depuis un moment, il entendait un bruit sourd
continu, dont il ne s'était point d'abord rendu
compte; mais bientôt un bruissement plus distinct

lui dévoila la vérité : c'était la marée montante.

— Je suis perdu ! s'écria l'infortuné conseiller.

Alors réunissant toute la force de ses poumons, il se mit à crier :

— Au secours ! au secours !

L'écho seul répondit à sa voix.

Bientôt il n'y eut plus à douter de l'approche de la mer; l'eau entrait en bouillonnant dans les fossés qui coupaient en tous sens le terrain : il allait se trouver entouré. Il lâcha alors la bride de son cheval et se mit à courir en continuant ses cris.

Soit hallucination, soit effet d'accoustique, il lui sembla qu'on lui répondait; il s'arrêta, écouta, mais il n'entendit plus rien, le bruissement de l'eau rompait seul la monotonie du silence.

Le cheval se sentant libre s'était aussi mis à courir. Maisnières ne put le suivre, il le vit un instant lui apparaitre encore dans l'ombre, puis il entendit un fort clapottement, des hennissements d'angoisse, et il ne l'entendit plus. Mais, insensible pour le moment à la perte de son bon cheval, il ne songeait qu'à son propre salut et il continuait à courir sur les parties de molières que la mer ne couvrait pas encore. Enfin, épuisé de fatigue, il se trouva isolé sur un petit tertre de sable que la mer environnait de tous les côtés, n'ayant plus ni la force de courir, ni la force de crier; il tomba à genoux et joignit les mains.

Le seigneur de Maisnières priait Dieu ! C'était

son heure dernière; il se résignait à son sort, et il invoquait la Providence pour sa femme, pour ses enfants, demandant le pardon de ses fautes et la rémission de ses péchés.

C'est ainsi que l'eau vint le trouver et qu'elle humecta ses pieds et ses genoux. Alors Maisnières retrouvant l'instinct de la vie, voulut encore échapper à la mort qui déjà l'étreignait de toutes parts, il se releva, voulut courir et s'enfonça plus avant. Il venait de tomber dans un fossé. Il poussa un cri déchirant, puis il agita les bras comme pour nager. Il nageait en effet, mais c'étaient les derniers efforts d'un homme à l'heure suprême de l'agonie.

Tout-à-coup il se sentit saisir aux cheveux ; une chaloupe était près de lui, et un bras vigoureux le tirait hors de l'eau et le déposait sur un banc. Maisnières était sauvé.

Il ne revint pas immédiatement à lui, ou plutôt, comme il n'était pas entièrement évanoui, il n'avait qu'une imparfaite conscience de ce qui se passait. Son sauveur s'était agenouillé devant lui et s'efforçait de le faire revenir à la vie. Il y parvint sans peine, et le seigneur de Maisnières put bientôt se redresser et s'asseoir sur le banc où il avait été déposé.

Deux hommes étaient dans la chaloupe; celui qui paraissait le maître et qui donnait ses soins au naufragé était tout jeune; il accusait à peine vingt-deux ans. Sa taille était moyenne, ses membres vigoureux et de proportions athlétiques, et cepen-

dant sous son costume de marin et dans ses manières, il y avait une certaine distinction qui n'é-
tait point dans les habitudes des gens de sa classe.

— Eh bien ! seigneur, dit-il au conseiller de
Maisnières, êtes-vous remis ?

— Parfaitement; mais sans vous, mon ami, j'étais
perdu.

— Je le crois bien. Fort heureusement, depuis
une demi-heure j'entends vos cris, et nous avons pu,
en nous dirigeant vers vous, arriver à temps pour
vous sauver.

— De quel côté suis-je donc venu ? demanda
Maisnières en regardant autour de lui.

— Vous étiez près de Laviers, à cent cinquante
toises environ : encore quelque pas, vous arriviez
au bord de la Somme.

— Et quelle est donc cette lumière qui m'a égaré ? Tenez, je la vois encore; elle est là derrière nous,
un peu sur notre gauche.

— C'est la lumière du château de Toflet. Elle a sauvé
bien des naufragés, remis sur leur chemin bien des
infortunés qui s'étaient égarés comme vous. Si vous
aviez su cela, il fallait, lorsque vous l'avez aperçue,
lui tourner le dos et marcher droit devant vous.

— Je vous dois la vie, mon brave, reprit le seigneur
de Maisnières en saisissant la main du jeune marin,
je ne saurai jamais comment vous en remercier,
non-seulement pour moi, mais pour ma femme,
pour ma fille.

— Ne parlons pas de cela, dit le batelier en reprenant l'aviron. Nous avons fait notre devoir, notre récompense est d'avoir réussi car nous pouvions vous manquer, et certainement il n'y avait là aucun autre bateau que le nôtre.

— Mon pauvre cheval aura été moins heureux, pensa Maisnières, car je l'ai entendu clapoter dans l'eau et hennir de désespoir.

Le bateau ne se tirait qu'avec peine du milieu des molières à peine recouvertes d'eau au milieu desquelles il s'était engagé; parfois il touchait le fond et il fallait s'arrêter pour attendre que l'eau fût assez montée.

Pendant ce temps, Maisnières eut tout le temps de regarder son sauveur. Il ne se souvenait point de l'avoir vu à Abbeville parmi les marins du port.

— Etes-vous d'Abbeville ? lui demanda-t-il.

— Non, reprit le marin.

Puis, changeant brusquement de conversation :

Allons, nous touchons encore, s'écria-t-il en quittant l'aviron pour prendre la gaffe.

— Vous êtes de Laviers ?

— Non, répondit une seconde fois le batelier..... Ah ! nous y voilà. Je crois que pour le coup nous sommes dans le chenal. Et je ne me trompe pas, car voilà un navire devant nous : c'est, si je ne me trompe, le bateau de maître Legris, un fin voilier qui ne revient jamais au port sans une bonne charge de poisson. N'est-ce pas, Tête-dure, ajouta-t-il en s'adressant à son camarade, que c'est le bateau de maître Legris ?

— Oui, oui, reprit le marin. C'est que la marée est dans son plein, encore un coup d'aviron, et nous aborderons au quai d'Abbeville.

L'homme qni parlait ainsi était beaucoup plus vieux que l'autre; sa physionomie avait une expression farouche, sa parole était brève et un peu sèche; son compagnon, tout en le commandant, semblait avoir pour lui une certaine bienveillance mêlée de respect.

Les réponses évasives de son sauveur donnaient au seigneur de Maisnières encore plus d'envie de le connaître, et tout en égoûtant ses habits qui ruisselaient d'eau, il lui demanda :

— C'est à vous ce bateau ?

— Oui, seigneur..... Mais vous devez avoir froid, je regrette bien de n'avoir point de vêtement de rechange à vous offrir; à moins cependant qu'il vous convînt de changer d'habit avec moi.

Le conseiller repoussa cette offre du jeune homme qui avait déjà ôté sa veste et qui voulait à toute force qu'il l'endossât.

— Nous arrivons, dit Maisnières, je reconnais devant nous le château des marais et la porte du Hocquet.

Plusieurs bateaux entraient également dans le port et Tête-dure les nommait l'un après l'autre. Le conseiller pria le batelier de ne pas aller plus loin;

il désirait se faire descendre à la porte du Hocquet.

— J'ai perdu ma bourse, continua le conseiller en fouillant ses poches : ce n'est pas étonnant. Mais, mon ami, suivez-moi, je vous donnerai la récompense que mérite votre belle action.

Le batelier ne répondit point; il détourna la tête.

— Vous voulez, dit-il, descendre hors de la ville; nous voici à Rouvroy, on nous a aperçus, car je distingue des gens qui s'avancent pour nous voir accoster.

— Plus près de la porte, dit le conseiller; à la dernière maison.

Le bateau longea le quai, et les curieux le suivirent jusqu'à l'endroit où le batelier le fit accoster; il aida alors le seigneur de Maisnières à descendre.

Celui-ci fut aussitôt reconnu.

— Comment, c'est vous, seigneur ? s'écria-t-on. Vous, en bateau, lorsqu'on vous attendait à cheval par la route de Saint-Valery ?

— Hélas! oui, répondit celui-ci, et vous voyez, ajouta-t-il en épongeant avec ses mains ses habits encore ruisselants d'eau, qu'on avait le temps de m'attendre par la voie de terre.

— Que vous est-il donc arrivé ?

— Vous tremblez de froid.

— Vous êtes donc tombé à l'eau ?

Les questions se pressaient ainsi autour du con-

2

seiller, au moment où il sautait à terre et s'avançait
sur la chaussée.

— On est allé au-devant de vous, ajouta un autre; la dame de Maisnières, qui était très inquiète, a
envoyé un exprès à votre rencontre.

Un homme qui semblait se cacher dans l'ombre,
murmura :

— C'est fort étonnant. Ce départ par terre et ce
retour par mer..... il y a là un mystère.

L'homme qui parlait ainsi était maître Bromier,
assesseur au présidial d'Abbeville, qui avait la réputation d'espionner les habitants au profit de la
Ligue, et qui, par des raisons particulières auxquel-
les nous reviendrons plus loin, cherchait les moyens
de perdre le conseiller. Celui-ci s'était retourné
vers son batelier pour l'engager à le suivre; mais
il l'aperçut au loin qui avait déjà repris le large.

— Holà ! venez donc, cria Maisnières ; je vous
dois une récompense.

Mais le batelier ne répondit point, lui et son ma-
telot faisaient force de rames, et on les vit bientôt
disparaître dans l'ombre de la nuit.

— Quelqu'un connait-il ce marin? demanda le
conseiller.

— Grimace! se dit Bromier; il le connaît aussi
bien qu'un autre, et peut-être mieux.

Une voix s'éleva dans la foule, et un homme s'approchant du seigneur de Maisnières, lui dit en désignant le batelier qui s'éloignait :

— Ça, c'est ch' quiot Picard !

— Ch' quiot Picard, dit le conseiller, cet intrépide dont on a tant parlé? J'ai bien entendu parler de lui, je ne serais point fâché de le revoir; mais pourquoi s'en va-t-il ainsi ?..... Où demeure-t-il ?

— Ah bien ! je n'en sais rien, répondit l'homme.

— Et vous? dit le seigneur de Maisnières aux autres.

— Ni moi non plus..... ni moi non plus, lui fut-il répondu.

— Je crois qu'il est de Laviers, dit un autre.

Le conseiller se fit reconduire chez lui, très intrigué de ne point connaître son sauveur, et de l'étrangeté de sa conduite.

Quant à Bromier, il montait à cheval et, suivi d'un domestique, il sortait peu après par la porte du Bois pour se rendre à Amiens.

CHAPITRE II

D'ou venait ch' quiot Picard et ce qu'il présageait

Sur le sommet du côteau où s'élève aujourd'hui
le village de Laviers, existait, au seizième siècle,
un château féodal dont le donjon dominait toute
l'embouchure de la Somme. Son origine remontait
au treizième siècle, et, dans le pays, on racontait
les prouesses de ses barons, dont la vaillance avait
été plus d'une fois fatale aux Anglais pendant les
guerres de la succession. Cette tour, qui se dressait
comme un noir fantôme sur la crète crayeuse du
promontoire de Toflet, devint un jour d'une grande
utilité pour les navigateurs d'Abbeville : à partir de
la nuit tombante, une lumière brillait à son sommet
et durait jusqu'au jour ; les gens du pays disaient
que c'était l'œil du diable ouvert sur les actions des
hommes et nul n'osait la regarder en face ; le ma-
telot, à qui elle était très-utile de nuit, avait moins

de crainte, il la considérait comme l'étoile de la sainte Vierge qui le guidait dans le port, et rendait grâce à la pensé généreuse qui avait présidée à son installation.

Au seizième siècle, vers l'époque où se passe l'histoire que nous rapportons ici, le château était considérablement déchu de son ancienne splendeur : il n'en restait qu'un simple corps de logis adossé à la tour : les autres parties tombaient en ruines, et des brèches nombreuses y donnaient partout accès. On racontait alors que le château avait des souterrains immenses qui descendaient jusqu'au niveau de la basse-mer et qui, de là, s'étendaient jusqu'à la Maladrerie du val des Lépreux, située à une demi-lieue plus loin, dans le vallon de Buigny, circonstance qui prêtait aux histoires de diableries, de brigands et d'hérétiques dont on prétendait que le pays était infesté.

Les ruines surtout aavient la réputation d'être hantées par des habitants de l'autre monde : on assurait que pendant la nuit on y entendait des bruits étranges qui se répercutaient sous terre jusqu'à la Maladrerie. Aussi n'était-il point un habitant du pays qui eût osé passer de nuit le long des murs délabrés du château, tant il eût redouté d'avoir des diables et des revenants à ses trousses. L'herbe et les broussailles croissaient devant la porte et, même de jour, personne n'osait y entrer.

Le logis était pourtant habité : on savait qu'il y

2.

résidait une vieille femme, mais si vieille, disait-on,
que sa naissance se perdait dans la nuit des temps.
Elle avait près d'elle un ancien serviteur qui n'était
pas mieux connu et dont on racontait des choses
étranges.

Du reste personne n'allait les visiter, et lorsque
le vieux François revenait d'Abbeville, avec les
provisions de la semaine, tout le monde dans le village, qui le voyait passer pour se rendre au château, le saluait avec respect et n'osait lui adresser
la parole.

Dès 1566, les plus anciens du pays se souvenaient
d'avoir toujours vu le père François, qui, disaient-
ils, n'avait point changé et avait toujours le même
âge et la même agilité. Quant à la vieille Thérèse, elle
était moins connue, mais on lui attribuait le même
privilège de conservation que le père François.

Donc, vers cette année 1566, le bruit courut que
les deux vieillards avaient un enfant; on assurait
avoir vu la vieille Thérèse se promener dans la cour,
portant un tout jeune garçon dans ses bras. On
était bien persuadé que personne ne l'y avait porté
et que nul autre que François et Thérèse n'ha-
bitait le vieux château. Cependant, comme les
paysans n'osaient point tout-à-fait dire leur manière
de penser sur leur compte, tant on redoutait les
maléfices, on répondait aux questions par force
signes de croix et par des aspersions d'eau bénite.

Les années se passèrent ainsi, puis on vit appa-

raître dans le village un gros gaillard de garçon,
plus éveillé et plus agile que les autres ; quand on
lui demandait d'où il était, il répondait : je suis
Picard. Or, comme en définitive c'était un charmant
enfant, loyal, sincère, d'un bon caractère, on s'habitua à l'appeler ch' quiot Picard.

Ch' quiot Picard n'était autre que l'enfant qu'on
avait vu dans les bras de la vieille Thérèse ; on le
considéra d'abord pour l'enfant du diable, et nul
n'aurait osé le toucher ni l'embrasser, de crainte
d'être damné à tout jamais; mais quand on le vit
entrer à l'église, prendre de l'eau bénite, faire le
signe de la croix et entendre la messe sans sour-
ciller et sans sauter comme un possédé, on n'y
pensa plus, et on s'habitua à le voir et même à lui
parler.

Le jeune homme avait pourtant un nom, Gontran,
nom que le calendrier n'eût point réprouvé ; mais
quoiqu'il l'eût décliné à ses camarades, l'habitude
prévalut de le désigner toujours par le sobriquet de
ch' quiot Picard.

Gontran était très habile dans tous les exercices
du corps; il courait comme un lièvre, grimpait la
falaise comme un chat, montait aux arbres comme
un écureuil et nageait comme un poisson; à la
chasse il était toujours le plus adroit, et, s'il montait
à cheval, il n'était point d'écuyer qui eût pu lui
en remontrer. Qui lui avait appris tout cela ? On ne
pouvait supposer que ce fût le père François. Qui lui

avait enseigné à lire, à écrire et bien d'autres choses encore? C'est ce qu'on se demandait tout bas, sans oser regarder derrière soi, car on persistait à voir du merveilleux dans cette jeune existence et dans ces talents extraordinaires.

Souvent on voyait Gontran sauter dans une nacelle et s'en aller contre vent et marée à la rencontre des navires qui voguaient pour le port d'Abbeville; il les guidait, et jamais ces navires n'avaient de meilleur pilote. Plus d'une fois il sauva un malheureux piéton égaré dans les grèves : son canot était à la disposition de tout le monde, et quand il voulait aider un pêcheur, on était certain que celui-ci reviendrait avec ses filets pleins. Certes, si ch' quiot Picard était le fils des œuvres de Satan, c'était en définitive un bon diable, et il était généralement aimé dans le pays.

Gontran, ayant atteint l'âge de vingt-deux ans, était le plus beau garçon de toute la contrée : sa taille était moyenne, mais bien prise, et ses membres accusaient une force musculaire peu commune ; une belle tête gracieusement posée, des yeux noirs d'une expression sincère et bienveillante, un sourire stéréotypé sur les lèvres, une parole franche et sympathique, tel était son portrait. Ajoutez à ces qualités physiques une intelligence développée, beaucoup de courage, de bravoure et de fermeté, et vous aurez complète la photographie de celui qui sauva le seigneur de Maisnières, lorsqu'il faillit perdre la vie dans les mollières formées par les dépôts de mer, sur la rive gauche de la baie de la Somme.

A cette époque, une espèce de transformation s'était faite dans les habitudes et dans la vie de ch' quiot Picard. Tout-à-coup il avait cessé de paraître dans le village, puis, quand il y était revenu, une modification s'était fait remarquer dans ses traits; il était devenu plus grave, plus réfléchi. Dès lors on le vit moins souvent, on crut qu'il faisait des absences loin du pays : ch' quiot Picard devenait un homme.

On était alors dans la fièvre des questions religieuses qui arrachaient beaucoup d'esprits au catholicisme. Le duc d'Aumale, qui venait d'arriver en Picardie avec la qualité de gouverneur, cherchait à se faire des partisans à Abbeville, où l'opinion publique était peu favorable à la Sainte-Union formée sous le patronnage des Guise. Cependant il en résultait une sorte d'effervescence qui gagnait toutes les classes de la société et qui tendait à diviser la ville en deux partis et à y causer des troubles. Il était du bon ton d'être de la Ligue; les jeunes gens l'adoptaient : le bruit courait que les principaux magistrats de la ville, tels que Roncherolles, gouverneur, et d'Hucqueville, commandant du château, y étaient affiliés, mais qu'ils n'osaient se déclarer ouvertement, parce que le roi, qui était opposé à ce mouvement religieux, était attendu de jour à autre à la tête de forces respectables dont il devait garnir la ville pour s'assurer sa conservation.

De cette disposition des esprits, il résultait fréquemment des troubles sans que le peuple, qui en était l'élément, en connût la véritable cause. Le blé était cher et la misère très grande dans les quartiers d'Abbeville habités par les prolétaires; on avait trouvé des personnes mortes de faim dans leurs maisons, et tous les jours on en ramassait dans les rues qui étaient dans un état complet d'inanition causée par le manque de vivres. Quelquefois la foule des mendiants, après avoir causé du trouble en ville, se présentait à l'échevinage en demandant du pain; si on ne lui en donnait pas, elle forçait la porte des maisons sur son passage et arrachait ce quelle pouvait aux bourgeois qui, eux-mêmes, à prix d'argent, avaient bien de la peine à se procurer un peu de mauvaise nourriture.

La population des faubourgs et des villages voisins, venait augmenter la masse des mendiants. Rouvroy, Mautort, Cambron, Laviers, Buigny, Drucat, Caux, Vauchelles descendaient tous les jours aux portes de la ville et se jetaient dans les rues, espérant s'y procurer la nourriture qu'ils ne possédaient point chez eux. C'était à Abbeville un désordre affreux : personne n'osait sortir dans la crainte d'être assailli, dévalisé, assassiné. L'histoire locale mentionne des détails horribles.

Comme dans tous les temps de révolution qui ont bouleversé le monde, les partisans de la Ligue profitaient de cette effervescence pour se faire des recrues, ils organisaient des réunions secrètes dans lesquels tous les maux présents étaient rejetés sur le gouvernement du roi; alors on se portait devant la demeure du mayeur et on menaçait de brûler sa maison si on ne faisait point de distributions de blé. On comprend les embarras de l'autorité obligée de pourvoir à des besoins si impérieux: Les échevins avaient envoyé acheter des céréales dans les ports de la Baltique, mais les navires étaient en retard. Ils arrivèrent cependant; aussitôt le blé fut converti en farine et porté aux boulangers, mais on annonça qu'il n'y aurait que les habitants d'Abbeville qui en profiteraient; ceux des villages voisins ne furent point admis: on les reçut aux portes de la ville à la pointe des hallebardes; on leur donna des coups d'arquebuses; plusieurs furent tués et jetés dans les fossés de la place. Ceux de Port et de Laviers prirent alors un parti: conduits par ch' quiot Picard, ils assaillirent un des navires chargés de blé qui arrivaient à destination d'Abbeville, et le four du château de Toflet fit ce jour là une bonne fournée pour tous les pauvres des environs.

Cet acte de piraterie fut très-mal accueilli à Abbeville; l'assesseur criminel Bromier fut d'avis qu'il fallait marcher sur le village de Laviers et brûler la demeure des vilains. La proposition fut adoptée par un murmure d'approbation; la populace se réunit, Bromier voyant avec satisfaction qu'on se-

rait dix contre un, ameuta ces gens déguenillés et
affamés qui s'étaient armés de tout ce qu'ils avaient
pu trouver, armes à feu, piques, haches, épées, et
marchaient de l'avant en poussant des cris féroces ;
il les guida jusqu'à la porte Marcadé, et leur ayant
souhaité bonne chance, il revint en ville, ne doutant pas qu'il venait de faire un acte de bonne ad-
ministration.

Gontran qui se trouvait sur le rivage de la mer
à Laviers, prêt à monter dans sa chaloupe avec Tête-
Dure, son fidèle serviteur, aperçut de loin cet orage
qui soulevait la poussière. Les armes reflétaient au
soleil un éclat étincelant, les habitants de Laviers,
effrayés, fuyaient de chez eux en poussant des cris
de terreur et couraient se cacher. Gontran se douta
de la vérité, il arrêta les fuyards.

— Pourquoi fuir ? leur dit-il. Voulez-vous voir
vos champs ravagés, vos maisons brûlées, vos femmes
égorgées ? ce ne sont que des hommes comme nous.
Que ceux qui sont braves se réunissent à moi, nous
essayerons de faire entendre raison à ces forcenés ;
si nous n'y réussissons pas, la position est bonne
pour nous défendre : nous n'avons rien à redouter
si nous ne lâchons pas pied, nous avons tout à
perdre si nous fuyons.

En effet la marée était haute, et l'eau de la mer
ne laissait qu'un étroit espace de chemin entre elle
et une haie épaisse qui s'élevait en amphithéâtre
sur le côteau. Les assaillants n'avaient donc qu'un

étroit sentier sur lequel ils rencontreraient Gontran
et les siens. La troupe furieuse s'avançait en désordre. Elle se heurta d'abord contre Gontran et Tête-
Dure armés jusqu'aux dents et disposés à bien recevoir l'attaque.

— Que voulez-vous ? avait crié Gontran avant que
les assaillants fussent arrivés à lui.

Une décharge d'armes à feu lui répondit ; mais
elle porta dans le vide : personne ne fut atteint. Les
gens de Gontran voulurent riposter.

— Qu'aucun ne bouge, s'écria-t-il : sa vie m'en
répond. Que voulez-vous ? répéta-t-il encore en
s'adressant aux assaillants.

Les cris de : *A mort, Laviers ! Au feu, Laviers !*
lui répondirent.

Mais la marée empêchait les assaillants d'appro-
cher davantage : c'était à peine si deux hommes
pouvaient se tenir de front sur l'étroit espace resté
libre entre la colline et la mer ; quelques forcenés
essayèrent d'entrer dans l'eau, et ne purent y
tenir ; ils se virent dans l'obligation de rentrer dans
la foule.

A cette époque encore, les arbres de Menchecourt
qui couvrent aujourd'hui la place d'Abbeville de ce
côté, n'existaient pas ; c'était une partie de la baie
composée de marais que la mer inondait dans les
hautes marées jusqu'à l'endroit de Menchecourt
nommé la *rue de Bas* ; les côteaux étaient nus,
quelques maisonnettes et une espèce de bastille

3

formaient ce qu'on appellait Menchecourt ; de Laviers on voyait parfaitement les murs de clôture
de la place d'Abbeville ; Gontran, qui avait la vue
dirigée vers les côteaux de Menchecourt, s'écria
tout-à-coup en s'adressant aux Abbevillois :

— Insensés, que voulez-vous faire ? nous mas-
sacrer ! Nous sommes moins nombreux que vous,
il est vrai, mais nous sommes aussi braves, et
nous nous défendrons vaillamment : il vous en coû-
tera cher.

Les plus audacieux s'étaient arrêtés, ne pouvant
avancer davantage : ils voulaient entendre cet homme qui osait s'adresser à leur colère.

— Est-ce que nous ne sommes pas des vôtres ?
continua Gontran. Quoi ! parce que nous avons
voulu, comme vous, profiter des blés qui nous
viennent de l'étranger, vous voulez nous traiter
en ennemis ! Nous avions faim ; vous nous fermiez
vos portes. Nous avons pris le parti que Dieu
nous indiquait, et vous devez juger si nous sommes des hommes qui redoutent le danger. Venez
donc sur nous, prenez notre sang ; mais nous
aurons aussi du vôtre, et nous nous serons entre-
gorgés sans raison, sans utilité. Faisons mieux, mes
amis ; réunissons-nous pour combattre l'ennemi
commun ; voyez derrière vous cette troupe qui descend la colline de Menchecourt et s'avance sur
Abbeville ; ce sont nos ennemis, les aventuriers
pillards qui, il y a huit jours, ont ravagé Hesdin ;

pendant que vous nous égorgerez, ils pénétreront dans vos demeures, tueront vos femmes et vos enfants, et vous puniront de vous être portés contre nous qui sommes vos frères.

Et Gontran témoignant sa confiance aux Abbevillois, s'avança au milieu d'eux en tendant une main amie à ceux qui paraissaient les plus influents de la bande.

Ceux-ci, étonnés, s'entreregardèrent comme pour savoir ce qu'ils avaient à faire.

— Allons, leur dit Gontran, pas d'hésitation, soyons unis, courons à l'ennemi, et prouvons que nous sommes dignes d'être Picards.

Et montrant l'exemple, il marcha résolûment vers la troupe ennemie qui s'arrêta à la vue de tant de gens armés qu'elle ne s'attendait pas à rencontrer devant elle.

Les Abbevillois, étonnés de cette harangue autant que de la présence inopinée d'une troupe ennemie dont ils avaient tout à redouter, sentirent tomber leur fureur; ils suivirent ch' quiot Picard d'entrain, comme une troupe suit son commandant; les gens de Laviers se réunirent à eux; puis tombant avec impétuosité sur les aventuriers, ils en firent un grand carnage et les poursuivirent jusque dans le val de Buigny, où le reste se rendit prisonnier.

Gontran se tournant alors vers ses compagnons, leur dit :

— Eh bien ! m'en voulez-vous encore d'avoir

partagé avec vous les blés de Dantzick? Dites :
qu'aucun de vous ne conserve de rancune à mon
égard, car avec les circonstances qui se préparent,
nous pourrons encore avoir besoin les uns des autres.

— Non, non ! vive ch' quiot Picard! s'écrièrent
douze cents voix à la fois. Et c'était à qui viendrait
lui presser la main.

Puis, lui formant un cortège dévoué et enthou-
siaste, la troupe entière entraîna Gontran, qui
fit son entrée dans Abbeville avec une véritable
escorte d'honneur.

On avait vu de la place le mouvement des aventuriers et la chasse qui leur avait été donnée, mais on
ignorait l'épisode de Laviers. Bromier, qui avait été
l'instigateur de cette petite expédition contre Laviers, ne fut pas tout-à-fait satisfait de la tournure
qu'elle avait prise ; il en garda un profond ressentiment contre Gontran, dont les manières distinguées
l'ombrageaient; et il se promit bien de trouver pro-
chainement sa revanche.

Et si l'on me demande la raison pour laquelle
Bromier aurait aimé voir les gens se battre et le
sang couler sans qu'il en résultât pour lui un intérêt direct; je répondrai qu'il est des gens qui, par
leur nature, aiment le désordre lorsqu'ils ne s'y trouvent pas compromis, des gens qui cherchent plaies
et bosses, des trouble-fêtes, gens qui souvent sont
les causes directes de tous les malheurs, et qui ne

paraissent qu'avant et après le combat pour savourer les délices qu'ils trouvent dans les tourments des autres.

Le maréchal de Retz, qui se trouvait à Abbeville, voulut voir le jeune homme et lui fit des compliments sur sa bravoure, puis, de crainte d'une nouvelle surprise, il donna des ordres pour qu'on travaillât aux fortifications de la ville qui étaient dans un très-mauvais état. La population se trouva ainsi occupée, et grâce aux arrivages de quelques autres navires de blé, la tranquillité fut momentanément rétablie.

Depuis ce moment, Gontran, qui n'avait point voulu quitter Laviers, venait régulièrement tous les jours à Abbeville, soit à cheval soit en bateau. Bromier, qui, toujours par ce même esprit de tracasserie et de désordre et afin de servir son ambition en sous-main, cherchait des partisans à la ligue, crut avoir trouvé son homme en même temps qu'il s'en débarrasserait ; il accosta un jour Gontran, et composant sa figure qui jusqu'alors n'avait pas été des plus agréables pour lui, il lui lança ces paroles :

— Par la corbleu ! jeune homme, il me semble que vous aimeriez mieux batailler quelque part que de fainéantiser de par les rues.

— Et qui a dit cela ? messire l'assesseur.

— Eh ! votre mine pleine de feu ; votre audace, votre impatience ; je dirai plus, le besoin de manger.

— Vous avez peut-être raison, reprit Gontran

avec plus de calme. Mais vous saurez d'abord
que je ne fainéantise pas, et que si je cherche à
manger, c'est autant pour les autres que pour moi.

— Vous êtes fier ! tant mieux !..... avec notre
appui, cela peut vous mener à quelque chose.

— J'espère bien y arriver sans cela, repartit
Gontran en tournant le dos.

Et il fit quelques pas pour s'éloigner.

— Mais attendez donc, cria Bromier en le retenant. Vous ne savez point encore ce que j'ai à vou
proposer..... Voyez-vous, jeune homme, si j'avais
votre âge.

— Eh bien ! que feriez-vous ?

— Je donnerais l'essor à mon courage, je me ferais apprécier... et j'arriverais peut-être à comman-
der aux autres.

— Soyez tranquille, si l'occasion s'en présente,
je tiendrai ma place.

— Oh ! je le sais. Voilà pourquoi je ne vous lâche
pas, reprit vivement Bromier. Il nous faut des hommes comme vous, des hommes d'action qui, dans
un moment donné, ne reculeront pas devant le
danger.

Gontran aurait pu s'inquiéter des raisons qui por-
taient l'assesseur criminel à lui faire une semblable
proposition ; il allait même probablement lui en
faire l'observation ; mais, en ce moment Bromier
ayant salué deux dames qui passaient, le jeune homme se retourna pour les saluer aussi. L'une des

deux dames était âgée ; l'autre paraissait être sa fille, Gontran parut frappé de la beauté de la jeune personne, il la suivit des yeux jusqu'à ce qu'elle fut entrée dans l'église Saint-Georges.

— Eh bien ! continua Bromier arrachant ch' quiot Picard à son extase, que dites-vous ?

— Je dis que voilà une jeune demoiselle très-jolie.

— Ce n'est point une réponse à la question que je vous adresse ; je vous parlais de courage et des occasions que vous pourriez rencontrer de l'exercer. Ne voyez-vous pas qu'autour de nous tout est danger, péril ; que bientôt il faudra faire preuve de dévouement à la religion et...

— Mes preuves en matière de religion sont faites, interrompit Gontran, en relevant la tête et considérant Bromier avec plus d'attention. Mais si, au nom de la religion, on prétendait m'entraîner à l'oubli de ce que je dois à mon roi, je repousserais avec indignation de pareilles propositions comme m'étant faites par des traîtres.

Bromier déguisa le mécontentement que lui causait une réponse à laquelle il était loin de s'attendre de la part d'un homme qui, dans son estime, n'avait aucun rang et aucune distinction, et il reprit sur un ton plus calme :

— C'est très-bien pensé, jeune homme, et j'étais loin de vouloir vous entraîner dans une voie autre que celle du devoir. Mais vous savez qu'à Abbeville

et dans les environs il y a des repaires où se trament
des complots, autant contre le roi que contre la
religion. Le zèle des hommes dévoués suffira, j'espère, pour déjouer ceux qui voudraient nous résister.... Allez donc avec les vôtres; je m'étais trompé
à votre égard.

— Vous croyez, monsieur l'assesseur. J'en suis
bien fâché, mais je sais, tout aussi bien qu'un autre,
ce que je dois à Dieu et à mon roi.

Et ayant parlé ainsi, Gontran tourna le dos. Bromier, piqué au vif par cette réplique, s'éloigna avec
fierté; mais en jurant à part lui, de tirer vengeance
de cette orgueilleuse résistance.

Lorsqu'il fut éloigné, Gontran tourna machinale-
ment ses pas vers l'église Saint-Georges et y entra.
Il ne tarda point à découvrir ce qu'il y cherchait: la
charmante personne qu'il avait remarquée était avec
sa mère près du chœur; il la contempla tout à son
aise : jamais il n'avait vu plus ravissante physionomie.

Il se sentait entraîné vers cette jeune personne, et
sa muette admiration jetait dans son cœur le germe
d'un sentiment qui lui était inconnu. C'était un sentiment nouveau qu'il n'avait point encore deviné et
qui lui sembla venir de Dieu qu'il priait tout bas
de lui être propice. Lorsque après la messe dite, les
dames se retirèrent, Gontran les suivit et ne les
quitta de vue que lorsqu'elles entrèrent dans une
maison située à l'angle des rues Saint-Gilles et des

Jacobins. Cette maison était l'hôtel du seigneur de Maisnières.

Une autre personne était là, qui avait suivi Gontran et les deux dames depuis leur sortie de l'église; c'était Bromier ; Bromier qui, se doutant de la démarche de Gontran, était revenu sur ses pas. Lorsqu'il vit ch' quiot Picard resté seul encore en extase devant la maison, il fit un geste de menace et s'éloigna rapidement par la rue Saint-Gilles.

CHAPITRE III

Comme quoi les idées de mariage viennent aux jeunes filles.

Gontran était retourné à Laviers, le cœur rempli de l'image de la jeune personne qu'il avait entrevue à l'église. Il ne put dormir de la nuit, ou, s'il fermait les yeux, son sommeil était troublé par l'apparition de cette charmante tête, pour lui sans égale, et de rêves dans lesquels elle se trouvait mêlée à sa destinée future. Il se leva de bonne heure et mit plus de recherche dans sa toilette qu'il n'avait habitude de le faire; mais il lui manquait le nécessaire et il dut retourner à la ville pour se faire habiller convenablement. Lorsqu'il eut, selon lui, une tournure à peu près présentable, il songea à revoir l'objet de ses pensées. Au lieu de se diriger, comme d'habitude, sur le port, à l'hôtel de la *Grant-Nef d'Or*, et aux abords de l'église Saint-Jacques, où étaient ses amis de l'expédition de Laviers, il se

rendit aussitôt rue Saint-Gilles et entra dans l'é-
glise Saint-Georges, où il ne tarda point à revoir
les deux dames.

A cette époque où la ferveur religieuse était encore tout entière, il était d'usage que les jeunes gens
de distinction se rendissent dans les églises pour y
voir les demoiselles et y faire choix de celles à laquelle ils devaient présenter leurs hommages : la raison profane ainsi dirigée n'ôtait rien, même aux yeux
des prêtres, à la sainteté de la prière; les liaisons con-
tractées dans le temple saint, sous l'égide de Dieu,
paraissaient à tous devoir être heureuses ; tout se
bornait à un simple regard et chacun de son côté
priait Dieu pour le bon succès de son amour. Il
n'entrait alors aucune vue intéressée ni même aucune pensée mondaine dans ces projets intimes de
mariage; la demoiselle, par son rang, appartenait ou
à la noblesse ou à la haute bourgeoisie, le prétendant ne s'informait point, comme on le fait généralement aujourd'hui, si elle devait avoir une grosse
dot ; elle lui plaisait ; tous deux s'étaient remarqués
et avaient mutuellement prié Dieu d'exaucer leurs
vœux, il n'en fallait point davantage pour cimenter
l'attachement réciproque, et lorsque ces mariages
s'accomplissaient, ce qui était assez ordinaire quand
les jeunes gens s'étaient ainsi vus et concertés
silencieusement au pied de l'autel, il était rare qu'ils
ne fussent point heureux.

L'église Saint-Georges était donc fréquentée par

quelques jeunes gens de l'aristocratie abbevilloise, qui avaient fait leur choix ou qui désiraient contracter un lien semblable. La demoiselle que nous avons vu y venir avec sa mère et fixer l'attention de ch' quiot Picard, était fille unique du seigneur de Maisnières. C'était une jeune personne de dix-sept ans environ, de taille moyenne, gracieuse, délicate, blonde; sa figure, d'un galbe parfait, respirait la candeur et la bonté ; ses yeux, d'un bleu pur, étaient ombragés par des sourcils châtains sous lesquels la peau ressortait d'une blancheur éblouissante : c'était une vierge de Raphaël animée par les premiers souffles du printemps ; un frais bouton de rose concentrant encore tous ses parfums. La jeune fille avait aussi remarqué le modeste jeune homme et elle avait été plutôt séduite par sa bonne mine et par l'air de dignité que respirait sa personne que par son costume, qui était des plus humbles et qui ne révélait point un rang élevé ; les regards des deux jeunes gens se rencontrèrent et la même commotion les frappa au cœur, Josine ne vit que Gontran comme Gontran ne voyait désormais que Josine : la liaison était faite, cimentée; rien ne devait plus pouvoir la briser.

Mais parmi les autres jeunes gens qui fréquentaient l'église Saint-Georges, il en était un que la beauté de la demoiselle de Maisnières avait aussi frappé, et qui cherchait également à se faire remarquer; c'était le comte de Calonne; mais en vain avait-

il tourné la tête pour demander un regard, il n'avait
encore rien obtenu; il avait même été jusqu'à présenter l'eau bénite à la sortie de l'église; la jeune
fille n'avait point relevé les yeux, avait dédaigné
l'offre et plongé elle-même ses jolis doigts dans le
bénitier. Il était évident que M. de Calonne n'était
point agréé.

La dame de Maisnières n'avait point été sans remarquer ce manège dont elle comprenait la raison
et la portée, elle avait vu l'assiduité du jeune de Calonne et elle était flattée de cet hommage pour sa
fille; elle ne douta point, pendant assez longtemps,
que les vœux des deux jeunes gens s'étaient rencontrés, et elle se félicitait d'un mariage prochain
qui flattait son orgueil, car M. de Calonne appartenait à une bonne famille de la Picardie. Mais bientôt elle dut reconnaître qu'elle s'était trompée; Jose-
sine n'avait point répondu aux regards de M. de
Calonne; elle ne priait point d'unisson avec lui et,
en même temps, l'attention de la vieille dame se porta sur l'autre jeune homme très-modestement vêtu,
qui ne cessait de regarder sa fille et qui semblait
prier avec beaucoup d'ardeur; torturée d'inquiétude,
la dame se promit alors d'observer : elle redoutait
une mésalliance pour l'héritière des seigneurs de
Maisnières.

Le lendemain, les deux dames se rendirent de
nouveau à l'église, la dame de Maisnières étant
bien décidée à éclaircir ses doutes; au moment où

4

elles s'approchèrent du pilier qui supportait le bénitier, le jeune homme inconnu y était adossé ; il se
redressa aussitôt, et son regard humble et doux se
rencontra avec celui de Josine. La mère s'en aperçut et, en remarquant l'habit sans broderies du jeune
homme, elle se sentit mortifiée et le regarda d'un
œil sévère. M. de Calonne était aussi près de là,
mais à lui, elle rendit grâcieusement le salut qu'il
fit aux deux dames.

Au moment où l'inconnu leur était apparu, la
dame de Maisnières avait aussi regardé sa fille et
avait remarqué une subite rougeur colorer son
front. L'inconnu était ensuite venu s'agenouiller
non loin des deux dames, il pria pendant tout le
temps de la messe sans détourner la tête et sans
préoccupation apparente. La mère ne le quitta
point de vue, et dominée enfin par la curiosité, elle
demanda au suisse s'il connaissait ce jeune homme.

— Je ne le connais point, madame, avait répondu
l'homme à la hallebarde.

— C'est donc un étranger ?

— Je le vois depuis quelque temps, mais je ne
le connais pas : ça doit être un petit bourgeois des
environs.

Cette appréciation du suisse était peu faite pour
flatter la dame de Maisnières, et elle se reprochait
intérieurement sa trop grande négligence.

Pendant ce temps, le jeune homme était passé
rapidement devant la chaise de Josine et ses regards

s'étaient rencontrés avec les siens. Pour un observateur, il était évident que ce n'était point la première fois que tous les deux s'étaient remarqués et
qu'un lien sympathique les unissait déjà.

La dame de Maisnières ne s'aperçut point du manège; mais elle ne perdit point de vue cet homme
dont le costume modeste appartenait à la classe
de la moyenne bourgeoisie, et s'étant levée, elle dit
à sa fille :

— Baissez les yeux.

En effet, Gontran, M. de Calonne et quelques
autres jeunes gens s'étaient arrêtés sous le porche,
à l'endroit où les deux dames devaient passer.

— En vérité, se dit à part elle la dame de Maisnières lorqu'elle fut sortie de l'église, les jeunes
gens d'à présent sont d'une audace sans pareille.
Bientôt une dame n'osera plus aller à la messe :
ces étourdis, au lieu de songer à prier Dieu, n'ont
de pensée que pour les femmes.

M. de Calonne, en sortant de l'église, avait regardé autour de lui pour voir Gontran et lui adresser la parole dans un but de provocation, mais celui-ci avait disparu. Il demanda alors aux jeunes
gens de sa connaissance si quelqu'un savait quel
était cet inconnu; mais personne ne put lui donner
de renseignements on l'avait vu plusieurs fois dans
l'église, d'autres l'avaient rencontré dans les rues,
mais on ignorait qui il était, et d'où il venait.

Il y avait alors un jeu de paume dans un jardin

de la rue des Minimes, où tous les jeunes gens de bonne famille se réunissaient après la messe pour exercer leur adresse et leur force; de Calonne et ses amis s'y rendirent tout en s'entretenant du mystérieux étranger.

— Quel est donc cet insolent ? disait le jeune gentilhomme, en s'adressant à ses amis.

— Rien n'indique qu'il soit d'une condition bien relevée, opina un de ceux-ci.

— Il est souvent sur le port et dans le quartier des portefaix, dit du Bellay, l'un des amis de de Calonne.

— C'est, en vérité, un rival bien digne, ajouta un troisième.

— Soyez tranquille, dit fièrement de Calonne, je ne me battrai avec lui que lorsqu'il m'aura prouvé sa noblesse : sinon ce sera l'affaire de Jean, mon domestique.

Il fut convenu qu'à la première rencontre on interpellerait l'étranger pour l'obliger à se faire connaître. De Calonne se promettait bien en outre d'avoir avec lui une explication sur les motifs de ses assiduités auprès de la demoiselle de Maisnières : c'était une conversation qui se dénouerait probablement dans une rencontre à la porte du Bois où derrière le faubourg Saint-Gilles.

La dame de Maisnières n'était pas moins intriguée, étant rentrée chez elle avec sa fille, elle rompit le silence gardé jusqu'alors, pour arriver à pénétrer un mystère qui commençait à l'inquiéter et à troubler sa conscience. Elle ne prétendait point cependant heurter la question, elle ne voulait y arriver que par transition en amenant peu à peu la jeune fille à faire elle-même des aveux.

— Notre église de Saint-Georges est bien petite, dit-elle; il y a toujours foule, on y respire à peine, nous pourrions bien aller dorénavant jusqu'à Saint-Vulfran; d'autant plus que c'est l'église collégiale et qu'il s'y trouve de plus grande noblesse qu'à Saint-Georges.

Josine ne répondit que par un geste d'assentiment, et un imperceptible *oui* sortit de ses lèvres de carmin.

— Le curé de Saint-Vulfran est d'ailleurs un ami intime du seigneur de Maisnières, votre père, e nous avons toujours beaucoup aimé entendre ses sermons. Par exemple, on dit que mardi dernier, il a tonné en chaire contre l'indifférence religieuse de notre époque et contre l'hérésie. N'est-il pas honteux de voir à l'église des fidèles songer à toute autre chose qu'à Dieu; des jeunes gens impies regardent effrontément les femmes, passent devan elles pour mieux les voir et souvent même pour leur adresser des paroles. Oh ! ma fille, si cela nous arrivait jamais, nous n'aurions point assez d'indignation pour de semblables procédés, n'est-ce pas?

A ces mots, Josine leva les yeux sur sa mère et d'une voix tremblante, elle répondit :

4.

— Oui, madame !...

Vous, l'héritière des nobles familles des Mais-nières et des d'Olbrun, ne devez point être exposée à ces inconvenances de la jeunesse moderne.

— Mais, ma mère, quelles inconvenances ? reprit vivement la jeune fille.

— Non, non, je sais que nul ne l'oserait, car votre dignité en serait offensée, mais pour vous y soustraire, votre père et moi allons prendre un parti auquel vous souscrirez avec empressement, je l'espère.

— Vous savez, madame, que je ne fais rien sans vous consulter.

— Oui, mon enfant, c'est bien. Préparez-vous donc à recevoir d'ici peu de temps une importante communication. Il s'agit de votre bonheur, ajouta madame de Maisnières en embrassant sa fille sur le front et en affectant un ton de gaîté. Mais promettez-moi que jusque là vous ne ferez rien que je vous y aie autorisée.

— Mais, mon Dieu, madame, je ne sais ce que vous voulez dire, dit la jeune fille visiblement embarrassée.

— C'est que je redoute les insinuations de ces jeunes gens qui nous entourent lorsque nous sortons, qui nous offrent l'eau bénite lorsque nous entrons à l'église. Par exemple, tout à l'heure à la messe.

— Ah ! oui, lui.... reprit vivement la jeune fille.

— Lui ?... qui, lui ?

— Eh bien ! celui..., ceux dont vous parlez, ma mère.

La dame se pinça les lèvres : elle avait bien deviné, sa fille avait remarqué les jeunes gens, et surtout l'inconnu.

— Vous voulez parlez de M. de Calonne. C'est en effet un jeune homme charmant, plein de convenance ; mais, s'il veut me plaire, il cessera de venir ainsi s'afficher et vous compromettre vous-même dans un lieu saint, devant tout le monde.

— Mais, m'a mère, je vous assure que M. de Calonne m'est bien indifférent et que moi je ne le regarde jamais.

— Il ne faut regarder ni lui ni d'autres. Et, pour y couper court, dès ce jour nous cesserons d'entendre la messe à Saint-Georges; nous l'entendrons dans un lieu particulier où nous ne rencontrerons personne.

La dame de Maisnières était clairvoyante : elle devinait que le jeune étranger s'était fait remarquer de sa fille. Mais un étranger sans habit brodé, un homme de basse naissance sans doute, voilà ce qui la suffoquait. Si ses remarques étaient fondées, si sa fille avait pu concevoir quelque pensée pour ce jeune homme, il devenait alors indispensable de la marier au plus vite. Cependant elle était bien aise de savoir quel était cet inconnu audacieux qui, en dépit de son active surveillance, était parvenu à se faire comprendre de sa fille. Les réponses du suisse

de Saint-Georges ne lui avaient rien appris; elle résolut d'aller seule, le soir, à Complies, et si l'étranger se présentait encore, d'obtenir sur lui des révélations nécessaires avant d'agir.

Le soir vint et Josine resta seule. Les questions de
sa mère la tourmentaient. Depuis plus d'un mois
déjà elle avait remarqué Gontran, et son langage
muet en avait assez dit à son cœur pour qu'elle sut
qu'il l'aimait. Or, quand une jeune fille fait cette
découverte, il est rare que, de son côté, il n'y ait pas
quelque tendre retour pour celui qui en est l'objet.
Josine aimait donc le jeune homme; elle l'aimait
sans savoir qui il était, quelle était sa famille et d'où
il venait. A l'église elle priait Dieu avec ferveur;
mais sans y penser, sans le vouloir, le jeune homme
se trouvait mêlé à ses prières; et quand sa mémoire le lui représentait, elle ne lui donnait pas
d'autre nom que *lui;* lui était pour elle ce qu'il y
avait de mieux en jeunes gens; lui devait être bon
et spirituel, lui devait être brave et aimant, et tant
qu'elle n'avait fait cet aveu qu'à elle-même, elle
n'avait pas trouvé que ce fût un mal de l'aimer.

Josine était livrée à ces réflexions lorsqu'elle entendit un coup sec frappé aux vitraux de sa petite
fenêtre. Cette fenêtre, qui donnait sur la rue des
Jacobins, à l'entrée de la rue Saint-Gilles, s'ouvrait
de plein pied sur un étroit balcon. Josine eut peur
d'abord; mais une voix douce lui dit:

— Un seul mot, je vous prie, mademoiselle.

— C'est lui ! se dit Josine et son cœur battit avec violence.

« C'est lui ! » et pourtant c'était la première fois qu'elle l'entendait parler ; mais n'avait-elle pas deviné jusqu'au son de sa voix ? Nul autre que son inconnu ne devait parler ainsi. Josine eut peur : cette manière insolite de se présenter était hors des usages reçus et elle avait encore présentes à la mémoire les paroles de sa mère; cependant elle se rassura promptement et se rapprocha un peu de la fenêtre.

— Ouvrez, je vous prie, pour un petit instant. J'ai tant de choses à vous dire.

Josine entr'ouvrit doucement la croisée; c'était bien lui, son inconnu, qui était parvenu à grimper au balcon, au risque de se casser le cou.

— Que me voulez-vous, monsieur ? Dites vite, je vous en prie, car si ma mère rentrait...

— Elle est à l'église, reprit vivement Gontran.

— Si mon père apprenait que vous êtes là, il serait furieux.

— Mademoiselle, je vous aime, et je viens vous dire et vous jurer que je n'aurai jamais d'autre femme que vous.

— Mais, monsieur.....

— Dites-moi si vous m'aimez aussi.

— Cela ne se dit pas, je crois.

— Je vous demanderai en mariage.

— Cela tombe bien : on a l'intention de me marier. On ne me l'a pas dit, mais je l'ai devinée aux paroles de ma mère.

— Elle veut vous marier. Oh ! ce ne sera pas à un autre qu'à moi, n'est-ce pas ?

— Faites-en la demande à mon père, mais pas comme cela, entrez par la porte, et présentez-vous comme tont le monde.

— Je le voudrais; mais pour le moment, cela m'est impossible. Je vais agir aux moyens d'y parvenir le plus tôt possible.

— Dites-moi votre nom, au moins.

— Mon nom, vous le saurez un jour... bientôt.... Apprenez que si je me divulguais en ce moment, tout serait perdu.

— J'entends monter; c'est ma mère. Allez-vous-en.

— Oui, mais vous me promettez de n'être qu'à moi.

— Je vous le promets, dit Josine sous l'empire de sa frayeur et refermant vivement la petite fenêtre.

Elle s'était à peine assise encore toute émue, que la dame de Maisnières rentra.

— Je n'ai pas été heureuse, se disait-elle, je vais à l'église dans l'espoir de le rencontrer, de le voir seul et de pouvoir lui dire ce que je pense et il n'y vient pas. Je me suis informée, il n'est pas connu. Seulement, une mendiante de la porte de l'église m'a dit : c'est ch' quiot Picard. Conçoit-on un pareil nom, et que celui qui le porte ait osé regarder ma fille? Ah! mais nous verrons.

La dame de Maisnières était indignée, elle se coucha très-mécontente en boudant sa fille, qu'elle soupçonnait n'être pas franche à l'égard de l'inconnu.

CHAPITRE IV

Dans lequel Bromier fait connaître qu'il est homme de ressources.

L'assesseur Bromier était un homme de trente-cinq ans, de stature moyenne, de constitution bilieuse; son teint plombé laissait à peine apercevoir la nuance de deux yeux gris enfoncés sous d'épais sourcils roux qui se rejoignaient à la racine du nez. Ses lèvres pincées, qui laissaient rarement échapper un sourire, dénotaient un esprit préoccupé d'idées fixes, de désirs envieux; lorsqu'il abordait une personne, avant de dire un mot, il attachait sur elle son regard fauve et inquiet comme pour pénétrer sa pensée; alors il balbutiait plutôt qu'il ne parlait, ayant soin de ne point accentuer ses paroles pour se donner le temps de la rétractation s'il entrait dans une voie de nature à le compromettre. Ce qu'il était dans la conversation, il l'était dans toutes les circonstances de sa vie; reculant devant la moindre apparence de danger, ou plutôt craignant de s'y exposer et ne faisant jamais un pas sans tâter si le terrain était solide sous son pied.

Avec cet esprit de doute et cette pusillanimité, caractère qui distingue presque toujours les esprits faux et perfides, Bromier entrevit que Gontran serait pour lui un écueil dans ses vues de fortune; le jeune homme s'était fait remarquer de la demoiselle de Maisnières; c'était une pierre qui pouvait entraver sa route à lui et qu'il devait écarter pour qu'elle ne le fît point trébucher dans sa marche. La résistance inattendue qu'il avait faite à des propositions qu'il croyait devoir être acceptées, dérangeait ses calculs, faussait ses prévisions. A l'issue de la conversation qu'il venait d'avoir avec lui, il rumina le moyen de se débarrasser de cet obstacle qui pouvait renverser ses projets. Après y avoir réfléchi toute la nuit, il s'arrêta à un parti.

Trop peureux pour chercher directement à se battre avec un homme, ce qui pouvait l'exposer, il préférait le faire battre avec un autre. Il pensa bien un moment à le faire tuer; mais c'était mettre un étranger dans son secret, et il était de ceux qui ne veulent point que le secret de leur main gauche se trouve dans la main droite. Il préféra donc amener une querelle, et il chercha à cet effet l'homme qui pouvait remplir ses vues. Il n'était pas le seul prétendant à la main de la demoiselle de Maisnières; il sut que le jeune de Calonne était accueilli avec plaisir par la mère : il fallait donc exciter ses deux rivaux l'un contre l'autre et peut-être en finir des deux à la fois, car si ch' quiot Picard, dont il devinait l'adresse, tuait de Calonne, il lui serait facile de tuer juridiquement celui-ci pour avoir ôté la vie à un gentilhomme.

Il ne s'agissait plus que de trouver une occasion favorable pour l'exécution de ce projet. La haine est inventive et Bromier, plein de son désir de se défaire de l'homme qui lui portait ombrage, ne devait point tarder à en trouver le moyen; il aborda M. de Calonne comme il avait abordé Gontran quelques jours auparavant. M. Calonne ne l'estimait point; Bromier ne l'ignorait pas; mais peu lui importait : l'essentiel pour lui était de se défaire de deux hommes qui pouvaient nuire à ses vues d'avenir et s'il pouvait être sûr de faire tuer l'un par l'autre, il triompherait bientôt du mauvais vouloir du seigneur de Maisnières. D'ailleurs il méditait un grand projet qui devait changer sa position sociale à Abbeville : il n'attendait que l'occasion pour le mettre à exécution.

Il savait que le jeune comte de Calonne était grand amateur du jeu de paume qui, ainsi que nous l'avons dit, se tenait dans un grand jardin de la rue actuelle des Minimes. Il s'y rendit donc assiduement, afin de trouver un moment propice pour entretenir l'animosité du jeune gentilhomme contre Gontran et le porter à se mesurer avec lui.

— Très-bien joué, seigneur! dit-il en applaudissant à un coup dans lequel de Calonne avait renvoyé la balle au but avec beaucoup d'adresse. Je défie que joueur quelconque s'en tire mieux que vous.

De Calonne peu sensible au compliment, ne répliqua point et reprit le jeu sans plus s'inquiéter de l'applaudissement de l'assesseur.

— Il y a, dit Bromier en parlant à une personne présente, de manière à pouvoir être entendu de M. de Calonne, il y a un amateur que je voudrais voir se mesurer ici avec ces messieurs; c'est un homme qui prétend être plus fort que les meilleurs joueurs d'Abbeville, sans en excepter aucun.

— Ah! ah! et qui cela? dit un des partenaires en se rapprochant du groupe.

— Oui, messire de Fouilloy, reprit Bromier, il y a un joueur assez fort pour vous gagner tous, y compris M. de Calonne.

De Calonne s'entendant nommer, dit :

— Il s'agit de moi ici : que me veut-on?

— On dit, reprit de Fouilloy, qu'il y a dans ce pays un joueur assez fort pour se prétendre supérieur à nous tous au jeu de paume, et surtout vous particulièrement, de Calonne.

— Ah! ah! Et qui est celui-là?

— Votre seigneurie ne s'en douterait pas, dit Bromier, car c'est un homme qu'on ne voit jamais ici; mais un homme supérieur en tout, même dans l'art de se faire aimer des femmes.

Un murmure accueillit ces paroles; des interpella-
tions très-vives furent faites à Bromier.

— Est-ce vous, par exemple? dit de Calonne.

— Ah! par exemple, reprit l'assesseur, je me
mets en dehors pour toute prétention.

— Eh bien! qui donc?

— Nommez-le.

— Nous le provoquerons.

— C'est une plaisanterie, disait de Fouilloy... A
notre jeu, messieurs.

— Par la mort Dieu! cela ne peut se passer ainsi,
dit de Calonne : monsieur a avancé une chose qui
attente à notre honneur; il faut qu'il nous donne
des preuves, qu'il nous nomme la personne, sans
quoi nous aurons le droit de nous en prendre à lui.

— Oui, oui, répondirent les autres; il faut que
M. l'assesseur nous indique la personne dont il veut
parler.

— Puisque vous le désirez, messieurs, je vous
dirai que ch' quiot Picard est de la dernière force au
jeu de paume.

— Ah! ah!

— Qu'il ne se mesure point avec vous, parce
qu'il se croit capable de vous rendre bien des
points. Et, enfin, pour ce qui est de savoir faire sa
cour aux demoiselles de cette ville, personne de
vous n'ignore ce qui se passe.

— Comment, ch' quiot Picard! s'écrie-t-on de
toutes part; ce manant de Laviers qui ose trancher

du seigneur parce qu'il est logé dans une étable de l'ancien château de Toflet.

— Il faudra, messieurs, le mettre à la raison, dit du B llay.

— Je le ferai rosser par mes valets, ajouta de Calonne.

— Je vous prie de considérer, reprit Bromier, qu'il se croit aussi de première force dans l'art de l'escrime.

— Je ne me bats qu'avec gentilhommes de la bonne roche, dit de Calonne.

— Il serait plaisant de lui voir tenir l'épée, dit du Bellay.

— Messieurs, voulez-vous nous donner un passe-temps agréable ? Provoquons ce petit gentil'âtre.

— Gentil âtre ! vous lui faites beaucoup d'honneur, dit du Bellay : c'est un rustre.

— Un véritable rustre, que je veux faire fustiger à l'occasion, reprit de Calonne.

— Oh! c'est un parti pris, dit de Fouil'oy; un plaisir que nous nous donnerons à la prochaine occasion.

— Parbleu, nous la chercherons cette occasion, reprit de Calonne en s'animant.

— Messeigneurs, pas de scandale, dit Bromier; j'aurais un mortel regret de vous avoir excités, sans le vouloir, à des actes répréhensibles.

— C'est très-bien ! c'est très-bien ! maître Bromier : on se rappellera votre recommandation.

5.

— On suivra vos conseils.

— Nous savons ce que nous avons à faire.

Et les jeunes gens s'écartèrent de Bromier pour causer et se concerter entre eux.

La balle était lancée, Bromier n'avait plus que faire à rester au jeu de paume. Il s'éloigna, en engageant de nouveau les jeunes seigneurs à ne point réaliser leur intention de chercher querelle à ch' quiot Picard.

De Calonne et trois de ses amis se concertèrent aussitôt sur le moyen à prendre pour donner une correction au manant qui osait s'élever à leur niveau. L'un voulait qu'on allât le trouver à Laviers; un autre proposait d'équiper un bateau et de lui donner la chasse lorsqu'il serait à la pêche, comme on savait qu'il en avait l'habitude; un autre était d'avis qu'il fallait l'attendre dans l'église Saint-Georges et l'entraîner au jeu de paume où on le ferait s'évertuer dans tous les genres d'exercices.

— Parce qu'il a pu mener une bande d'affamés contre d'autres pillards de son espèce, la populace d'Abbeville en a presque fait un héros; il ne doit pas en être ainsi de nous, messeigneurs; il faut montrer à cette populace que ce demi héros n'est rien moins qu'un rustre sans aucun mérite qu'on peut faire bâtonner par des goujats. Tel est mon avis, dit de Calonne.

— C'est aussi le mien, ajouta du Bellay; mais avant d'en venir là, je serais bien aise, comme le disent ces messieurs, de le tenir ici, au jeu de paume, et de nous divertir un peu à ses dépens.

Cet avis prévalut, et dès le lendemain, on s'occupa de le mettre à exécution. De Calonne et ses amis se rendirent à l'église Saint-Georges, Gontran s'y trouvait. L'un des deux le frappa sur l'épaule en l'invitant à le suivre.

Gontran ne bougea point.

— Faut-il vous y contraindre ? dit de Calonne en s'avançant à son tour.

Gontran qui le reconnut, parce qu'il avait remarqué son assiduité à suivre des yeux la demoiselle de Maisnières, répondit :

— Si je dois avoir à faire à vous, monsieur, j'irai où et quand il vous plaira.

— Eh bien ! suivez-moi donc.

De Calonne était avec de Fouilloy et du Bellay, Gontran marcha fièrement à côté d'eux et les suivit au jeu de paume.

— On assure, mon ami, dit de Fouilloy, que vous êtes très fort au jeu de paume, que personne ne vous égale : vous plaît-il de nous montrer votre adresse ?

— D'abord, monsieur, dit Gontran, je ne suis point encore votre ami, et vous prie, par conséquent, de vous dispenser de me qualifier ainsi. Quant à savoir jouer à la paume, je vous avouerai que j'ignore complètement le jeu.

— Allons donc, reprit de Calonne, personne à

Abbeville ne vous égale en force. Vous le savez très bien, vous l'avez dit à vingt personnes.

— S'il ne s'agit que de lancer la balle, reprit encore Gontran, je la lancerai peut-être aussi loin que chacun de vous; mais quant aux règles du jeu, je vous déclare que je les ignore complètement.

— Faut-il vous tirer les oreilles pour vous obliger à jouer? dit du Bellay en s'avançant pour lui parler sous le nez.

— Par la sambleu! dit Gontran en se reculant et portant la main à la garde de son épée, que le premier de vous qui s'approche ait l'épée à la main, car à de sottes propositions il n'y a point d'autre réponse!

— Il se fâche, dit de Calonne, en éclatant de rire. Savez-vous, mon ami, que pour que nous tirassions l'épée contre vous, il faudrait que vous fussiez gentilhomme. Or donc, calmez-vous, car les bâtons de nos domestiques pourraient briser votre fine lame.

— Je vous répète que je ne suis point et que je n'ai aucunement envie d'être votre ami, répondit Gontran, outré de colère. Quant à ma noblesse, elle égale peut-être la vôtre... je n'ai point ici à vous en rendre compte, et si vous n'êtes un lâche, vous mettrez l'épée à la main pour me rendre raison.

— C'en est trop! dit de Calonne. Messeigneurs, mettons ce rustaud à la porte. Holà! cria-t-il, afin de faire venir les gens du jeu de paume.

— Un instant, dit de Fouilloy, en retenant de Calonne, il nous dit qu'il est noble, et jusquà présent je ne vois point qu'il se soit conduit de manière à témoigner du contraire. Laissez-moi, si vous voulez, arranger l'affaire pour le mieux.

Et s'approchant de Gontran, il lui dit :

— Vos manières et votre conduite ne sont pas celles d'un homme de la basse-classe. Dites-moi sur l'honneur si vous êtes gentilhomme : s'il en était ainsi, les choses ne se passeraient pas telles que nous l'avions d'abord décidé.

— Je suis de noble famille, je vous le jure sur l'honneur. Cette épée me vient de mon père... voyez.

Et parlant ainsi, Gontran montrait à de Fouilloy la garde de son épée sur laquelle était estampé un écusson d'armoiries. La richesse du travail distinguait la monture de cette épée. L'écusson portait d'argent à un chevron renversé d'or, surmonté d'un lion de gueules armé, lampassé et couronné d'or, et accompagné en pointe de trois autres petits lions aussi de gueules.

— Vous assurez, sur l'honneur, que cette épée était celle de votre père, dit de Fouilloy.

— C'est le seul héritage qu'il m'ait laissé, répon- (Gontran.

— Ce jeune homme est noble, dit de Fouilloy, en remettant l'épée de Gontran. Et se tournant vers de Calonne, il ajouta :

—Vous pouvez sans déshonneur vous mesurer avec lui.

Alors Gontran et de Calonne se mirent en garde. De Calonne attaquant avec fureur, et Gontran s'appliquant à parer les coups avec calme. Les deux témoins se bornèrent à observer attentivement les diverses phases du combat, sans marquer de préférence pour l'un ou pour l'autre des deux champions. Gontran avait un sang-froid remarquable, et une assurance qui dénotait une connaissance parfaite de la science des armes; de Calonne lui portait des coups audacieux, qu'il parait avec une adresse telle qu'il semblait les deviner à l'avance. La lutte durait depuis dix minutes lorsque, par un habile coup de dégagement, Gontran fit sauter l'arme des mains de son adversaire qui en reçut une forte commotion dans l'avant-bras. Gontran s'empressa courtoisement d'aller ramasser l'épée de de Calonne et de la lui offrir pour reprendre le combat.

— C'est assez, dit de Fouilloy. Vous avez tous deux fait preuve de bravoure; on ne peut exiger plus.

— Non pas, non pas, reprit de Calonne avec vivacité en reprenant son épée; il y a entre nous une cause plus sérieuse que celle que vous connaissez.

— Laquelle? dit de Fouilloy. Les paroles de Bromier. Est-ce qu'un pareil homme aurait assez de valeur pour faire s'égorger deux braves jeunes gens ?

Et se plaçant entre eux, il ajouta : Vous ne vous battrez pas davantage.

—Il y a autre chose, vous dis-je, reprit avec fureur de Calonne. Et vous ne l'ignorez pas. C'est un rival en amour que j'ai devant moi; tant qu'il vivra il me portera ombrage : vous voyez bien qu'il faut que l'un de nous deux périsse ici.

Gontran se rappela alors son amour; il ne vit plus dans de Calonne qu'un rival, rival redoutable par sa position de fortune et par son audace, et il ressaisit son épée pour recommencer le combat. On les vit alors s'attaquer tous deux avec le même acharnement; et c'est dans ce moment que toute l'adresse et l'habileté de Gontran dans le maniement des armes se déployèrent. Il était aisé de voir que ce n'était point un homme ordinaire auquel on avait affaire, et les témoins du combat tremblaient pour leur ami de Calonne. En effet celui-ci s'affaissa tout à coup : il venait de recevoir deux pouces du fer de Gontran dans la poitrine.

Les deux amis se portèrent vivement vers lui. Gontran resta calme, debout appuyé sur son épée nue.

— Il est gravement blessé, dit de Fouilloy. Vite qu'on prévienne quelqu'un, on ne peut le laisser sans secours.

Gontran était rentré dans l'établissement du jeu de paume.

— Il y a un homme blessé, dit-il; il faut le transporter chez lui. Y a-t-il un chirurgien ici près?

— Allez vite quérir maître Hequet, dit le maître du jeu de paume, en s'adressant à un de ses garçons. Puis il se dirigea dans le jardin où de Fouilloy et du Bellay étaient encore penchés sur leur ami.

Gontran ne voulut point partir sans retourner au jardin s'assurer de l'état du blessé et saluer les deux témoins du combat.

— Je regrette, dit-il, que la lutte ait eue cette triste issue; j'aurais voulu l'éviter.

— Il n'y a point de votre faute, reprit de Fouilloy: vous vous êtes battu noblement; si vous n'étiez point gentilhomme, votre conduite dans cette circonstance suffirait pour vous annoblir.

— Au revoir donc, dit Gontran. Ayez bien soin du blessé.

De Fouilloy et son ami lui tendirent la main qu'il serra avec effusion et il s'éloigna. A la porte du jeu de paume, il rencontra Bromier qui, entrant d'un air d'importance, dit :

— On a assassiné un homme ici. Qui a fait ce coup? Vous? ajouta-t-il en toisant Gontran d'un regard triomphant.

— Il n'y a que les lâches qui assassinent, dit Gontran, si vous répétez ce mot, je vous brise le fourreau de mon épée sur la figure.

— Arrêtez cet homme, dit avec fureur Bromier aux gens d'armes qui le suivaient.

— Le premier qui ose me toucher, répondit Gontran, ne recommencera pas de sitôt.

Et tirant son épée il se disposa à se faire jour pour gagner la rue; mais les soldats lui barrèrent le passage. Gontran s'apprêta alors à se défendre vigoureusement.

En ce moment de Fouilloy et du Bellay entrèrent, suivis du brancard sur lequel on avait placé de Calonne, que l'on transportait chez lui, d'après l'ordre du chirurgien qui l'accompagnait.

— Qu'y a-t-il donc? s'écria de Fouilloy. Que veut-on faire ?

— Arrêter cet homme qui vient d'assassiner votre camarade, dit Bromier, en désignant Gontran.

— C'est vous qui êtes un vil provocateur, dit de Fouilloy. N'est-ce pas vous qui avez machiné une ruse infernale pour faire mettre l'épée à la main à de braves jeunes gens ? Retirez-vous, homme vil et lâche, car c'est à nous que vous auriez à faire. Allons, qu'on nous fasse place, cria-t-il aux soldats, et cessez vos poursuites : j'en réponds.

Gontran sortit avec le convoi qui emportait le blessé et il partit aussitôt pour Laviers.

De Calonne était mortellement blessé; il expira dans la nuit sans avoir repris connaissance.

Bromier resté seul, dit en voyant s'éloigner Gontran et de Fouilloy :

— Ah ! vous croyez que l'affaire en restera-là : vous vous trompez, mes amis, car, pour moi, le moment est venu d'agir et de me montrer.

Telle était la situation respective des personnages

6

de cette histoire, lorsque ce même soir, en rentrant chez lui, à Laviers, Gontran entendit les cris de désespoir du seigneur de Maisnières égaré dans la baie, et qu'il vola à son secours.

CHAPITRE V

Ce qu'était l'assesseur Bromier et ce qu'il prétendait devenir.

L'assesseur Bromier était parti pour Amiens, comme nous l'avons dit plus haut, malgré l'heure tardive, car, peu vaillant de sa nature, il était extrêmement craintif et se sentait peu à l'aise dans l'obscurité de la nuit; il fallait donc que les circonstances fussent bien impérieuses pour lui faire prendre cette détermination : c'est qu'il y allait de sa fortune et, d'après son opinion personnelle, de la sûreté de l'Etat et du triomphe de la religion.

Cependant Bromier n'était pas absolument seul; il s'était fait accompagner d'un domestique, dont la présence réconfortait un peu son courage. Comme la route du Pont-Remy n'était pas sûre, à cause des aventuriers qui rôdaient autour de ce château; il prit par Ailly-le-Haut-Clocher dont la route alors était moins suivie que celle de la vallée. Afin de se donner du courage, il fit la conversation avec son domestique, et lui dit :

— Eh bien ! Jaspart, as-tu quelquefois voyagé la nuit ?

— Dam' oui, not' maître, je me suis trouvé bien souvent attardé.

— Et il ne t'es jamais arrivé malheur?

— Pas souvent. Dam' c'est moins gai que de jour, et quelquefois...

— Quoi, quelquefois ? reprit vivement Bromier.

— Quelquefois, on n'y est pas toujours rassuré, dit le domestique.

— Si encore il faisait clair de lune, reprit Bromier en levant la tête vers le ciel.

— Eh bien ! tenez, franchement, maître, j'aime autant qu'elle ne nous éclaira pas, la lune : sa lumière vous fait voir des choses qui feraient peur quand on n'est pas des gens solides comme nous. Tenez, j'ai vu...

— Hein ! hein ! dit avec effroi Bromier en se serrant contre Jaspart, qu'est-ce que t'as vu ?

— Je vous dis que, quand il fait clair de lune, on voit des choses qu'on ne soupçonne pas quand il fait sombre comme aujourd'hui. Par exemple, par un beau clair de lune, un buisson, un rien vous a l'air d'un homme blotti qui vous attend au passage pour vous tirer un coup d'espingole. Alors naturellement on a peur...

— Dis donc, Jaspart, dit Bromier en s'arrêtant, qu'est-ce qu'il y a là de noir devant nous ?

— Çà, c'est le moulin d'Ailly. Dam' maître, si vous avez peur, je vous préviens qu'il ne faut pas en parler, ne prendre attention à rien, puis causer d'autre chose, ou bien nous endormir en laissant à nos bêtes le soin de nous diriger.

— Ah bien oui! dormir; je te le défends bien, par exemple. Quant à parler d'autre chose, je ne demande pas mieux. Dis-moi donc un peu si tu connais ch' quiot Picard?

— Ch' quiot Picard! Je n'ai point le plaisir de le connaître particulièrement; mais on dit que c'est un crâne luron.

— Est-ce que, par hasard, ce ne serait pas une espèce d'huguenot?

— Oh! pour ça, non, car je l'ai vu à l'église.

— Mais qui est-il? que fait-il?

— Dam! je crois qu'il est pêcheur, car on le voit bien souvent à la Poissonnerie. Il a, dit-on, de bonnes manières et il est bien vu de tout le monde dans le bas peuple d'Abbeville.

— Mais il doit loger quelque part?

— Certainement; on dit qu'il demeure du côté de Laviers ou de Port.

— C'est donc là tout ce que tu sais de lui?

— Oui... Ah! pourtant, il y en a qui prétendent qu'il est sorcier ou plutôt que c'est un enfant du diable! Mais c'est des bêtises, il n'est pas plus l'enfant du diable que vous et moi.

Bromier questionnait encore son valet; mais celui-ci, qui se laissait aller au sommeil, ne répondait plus que par monosyllabes.

— Eh ! dis donc, Jaspart, ne vas pas te laisser aller à dormir surtout. Ah ! ça, où sommes-nous donc ici ?

— Oui, notre maître.

— Je te demande où nous sommes.

— Ah bien ! nous sommes sur la route d'Amiens.

— Ne vas pas nous perdre, malheureux. Tu réponds de ma sécurité, entends-tu, car si tu me perds ou si tu me retardes seulement d'une heure, tu auras à faire à moi ; il faut que nous soyons au petit jour à Amiens.

Malgré les angoisses du craintif assesseur, on arriva à bon port au faubourg de la Hotoie, vers quatre heures du matin. Les deux voyageurs s'arrêtèrent en ce lieu dans une hôtellerie ; et pendant que le valet faisait donner l'avoine aux chevaux, Bromier se restaura devant un bon feu qu'il avait fait allumer, et se laissa aller doucement à un léger sommeil. A six heures, il se remit en route, et, aux portes ouvrantes, il entrait dans Amiens.

La ville était remplie de troupes et dans les rues on n'entendait que les chants de soldats ligueurs qui semblaient insulter les passants et leur chercher noise à propos de religion. Bromier les saluait à droite et gauche, en semblant leur dire qu'il était de leur parti et qu'ils pouvaient le considérer et lui rendre leurs hommages. Il arriva ainsi à l'hôtel du gouvernement et se fit annoncer. Plusieurs personnes attendaient déjà dans l'antichambre et Bromier ne fut reçu que le dernier : en attendant, il repassa dans sa mémoire ce qu'il avait à dire, et se fit en quelque sorte sa leçon ; il fallait perdre le seigneur de Maisnières dans l'esprit du duc, et obtenir pleins pouvoirs pour faire pendre ch' quiot Picard.

Charles de Lorraine, duc d'Aumale, était un homme de trente-deux ans environ; sa stature était haute et un peu raide, son regard altier et extrêmement vif; il parlait peu et semblait écouter ses paroles; un observateur aurait pu deviner, dans le jeu de sa physionomie, qu'une sombre pensée le tourmentait parfois; mais ce nuage était tempéré par la fierté de l'ambition qui donnait à ses actions une sorte d'activité factice dans laquelle il semblait vouloir s'étourdir. Dévoué à Mayenne et au duc de Guise, ses parents, il s'attachait à leur fortune plutôt par vaine gloire que par conviction. Avant d'être nommé au gouvernement de la Picardie, il avait présidé l'assemblée d'Orléans où l'on résolut de prendre les armes sans attendre les ordres du roi, pour intercepter le secours que les protestants d'Allemagne amenaient à ceux de France. A peine fut-il arrivé à Amiens, qu'il s'occupa de faire entrer la ville d'Abbeville dans la Sainte-Union, et il chercha à s'y créer des intelligences. Le seigneur de Maisnières lui ayant été désigné comme un ardent catholique, jouissant d'une grande influence à Abbeville et dans les en-

virons, il s'était adressé à lui; mais, malgré ses
efforts, la Ligue n'avait fait que très peu de progrès dans une ville qui renfermait principalement
des royalistes.

Bromier, qui était peu satisfait de sa position d'assesseur au présidial d'Abbeville, cherchait tous les
moyens d'en sortir; il avait commencé par faire la
cour au conseiller de Maisnières, qu'il savait être très
riche; et un jour qu'il le crut bien disposé à l'écouter, il avait osé lui demander sa fille en mariage. Le
conseiller l'avait prudemment éconduit, sous le prétexte que sa fille était trop jeune, mais il lui avait
ensuite fait sentir, par sa froideur, qu'il était loin
d'encourager ses prétentions. Bromier, vindicatif à
l'excès, en avait conçu un profond ressentiment et
il avait espionné la conduite du conseiller qu'il soupçonnait à tort de favoriser les huguenots. Le duc
d'Aumale ayant été chargé du gouvernement de la
Picardie et ses démarches pour former une sainte
ligue ayant été connues à Abbeville, Bromier y
trouva une voie toute tracée pour arriver aux honneurs et à la fortune, en même temps que pour
assurer sa vengeance. En voyant Maisnières qui l'a-
vait dédaigné, revenir en compagnie de ch' quiot
Picard, qu'il détestait, une idée diabolique lui était
passée par la tête, et c'est pourquoi il arrivait à
Amiens chez le duc d'Aumale, qui ne pouvait manquer de servir ses vues.

Ce n'était point la première fois qu'il se trouvait

en rapport avec le duc, mais celui-ci avait pris des informations qui n'étaient point tout à fait favorables à l'assesseur; néanmoins, aussitôt qu'il se fut annoncé, il le fit entrer.

— Eh bien ! dit impatiemment le duc, qu'y a-t-il de nouveau ?

— Il y a, monseigneur, que si vous ne m'accordez point une plus entière confiance, que si vous ne me donnez point des pouvoirs plus étendus, nous ne ferons jamais rien à Abbeville.

— Diable ! fit le duc, visiblement contrarié. Vous donner des pouvoirs plus étendus : êtes-vous bien capable de les exercer ?

— Ah ! monseigneur, répliqua Bromier en s'inclinant avec humilité, mon dévouement est sans bornes, vous devez le savoir. Ordonnez. Que dois-je faire pour vous en donner des preuves ?

— Vous veniez, je crois, m'apprendre quelque chose. Parlez. Nous verrons ensuite ce que nous aurons à faire.

— Abbeville, monseigneur, reste dévoué au roi qui, trop faible, comme vous le savez, refuse d'ordonner des mesures contre les ennemis de la religion. Aussi les huguenots lèvent-ils audacieusement la tête contre nous, gens dévoués à la sainte cause et qui proclamons partout les vertus des Guise et celles de votre seigneurie.

— Nous savons cela, dit nonchalemment le duc en s'allongeant dans son fauteuil.

— Le seigneur de Maisnières, que votre grandeur honore de sa confiance, s'en montre peu digne.

— Vous avez peut-être raison. Continuez.

— Cet homme qui a une belle position de fortune
et la qualité de conseiller honoraire, a fait peu de
chose pour la sainte cause.

— Il n'a rien fait, dit le duc.

— Et pourtant il pourrait faire beaucoup.

— C'est donc une dénonciation contre le conseiller ?

— C'est la vérité, monseigneur, et il la faut tout
entière dans la position critique où se trouvent la
France et la religion:

— Vous n'avez donc point réussi dans votre projet de devenir le gendre de Maisnières ?

— Ah ! monseigneur, qui vous a dit ? reprit Bromier humilié...

— Est-ce que je ne sais pas tout ? dit le duc. Mais
continuez.

— Si j'ai abandonné mes prétentions à la main
de la demoiselle de Maisnières, c'est que je soupçonne fort le père de pactiser avec les huguenots.

Ici le duc fit une grimace significative : il croyait
peu à cette accusation. Il savait que le seigneur de
Maisnières était un catholique peu ardent pour l'as-
sociation qu'il voulait former à Abbeville; mais il
savait aussi qu'il était ennemi de cœur des hérétiques; il se contenta donc de répondre à Bromier :

— Quand vous m'aurez prouvé que Maisnières a des accointances avec les calvinistes, je dirai que vous êtes un habile homme, maître Bromier. Vous avez donc quelques preuves ?

— J'ai, dit Bromier, en baissant la voix, la certitude que Maisnières est en relations avec des hommes ennemis de la Ligue.

— Ah ! ah ! Bien sûr ? dit le duc en regardant Bromier de côté et avec une scrupuleuse attention.

— Bien sûr ! reprit l'autre en essayant de donner de l'assurance à sa voix.

— C'est grave ce que vous me dites là, maître Bromier.

— Il y a surtout un homme, continua l'assesseur, que je soupçonne fort de recéler des armes et d'être à la tête de quelque bande peu catholique.

— Très-bien ! c'est là ce qu'il faut rechercher et poursuivre, dit le duc en approuvant du geste les paroles de Bromier.

— Cet homme, je le suis des yeux et ne le laisserai point s'échapper.

— Vous ferez bien.

— Car je devine des affiliations.

— C'est très-possible.

— Hier soir, j'ai surpris le seigneur de Maisnières, revenant clandestinement avec lui dans un bateau... je soupçonne fort quelque réunion cachée.

— Vous m'étonnez, dit le duc en se redressant.

Maître Bromier, vous sentez-vous capable d'arriver à découvrir ce qui se passe dans ce que vous venez de m'annoncer ?

— Oui, monseigneur.

— Le seigneur de Maisnières revenant nuitamment en compagnie d'un homme suspect, se dit le duc : c'est grave.

— Cet homme, homme de basse extraction, comme on doit le supposer, a insulté hier un gentilhomme, bon catholique, M. de Calonne fils, et il l'a tué d'un coup d'épée.

— C'est ce qu'il faut punir, et punir sévèrement... Et comment nommez-vous cet homme ? ajouta le duc en fixant sur Bromier son regard interrogateur.

— C'est ici qu'est le mystère, monseigneur ! Cet homme, rempli d'audace et d'énergie, n'a pas de nom ; ou plutôt il n'est connu dans le pays que sous celui de ch' quiot Picard.

Le duc réfléchissait profondément et était tout attention. Bromier poursuivit :

— Sa naissance aussi bien que son existence sont un mystère. Le bruit public veut qu'il soit le fils du diable : on le dit en relations avec les esprits infernaux.

— Il faut savoir ce qu'est cet homme ? dit vivement le duc en se relevant. Faites, maître Bromier, et si je suis content de vous, je vous réponds que le seigneur de Maisnières n'osera point vous refuser sa fille.

— Ah ! monseigneur, fit Bromier, en faisant un mouvement comme pour se jeter à genoux.

Le duc, qui devina son intention, le retint de la main, le força à se relever et lui dit après un moment de réflexion.

— Quel âge a cet homme ?

— Vingt-cinq ans, peut-être.

— A cet âge on n'est guère à craindre, on se perd par imprudence. C'est égal; il faut éclaircir ce mystère. Je veux que, dans tout mon gouvernement de Picardie, ma vue puisse pénétrer partout.

Puis le duc semblant oublier qu'il n'était pas seul, se promena pendant quelques instants dans sa chambre, la tête baissée, les mains derrière le dos, en proie à une préoccupation qui semblait absorber toutes ses facultés. Puis s'arrêtant tout à coup devant Bromier, il lui dit :

— A propos ! j'ai besoin de savoir si, dans votre pays, à Abbeville, à Saint-Valery, ou quelque part dans les environs, on n'a pas connu un marquis de Sillery, et s'il y est encore.

— Je m'informerai, monseigneur, dit Bromier d'une voix tremblante d'émotion.

— Le marquis de Sillery aurait aujourd'hui soixante ans. Prenez votre temps, dirigez bien vos recherches, et si vous parvenez à me procurer les renseignements que je vous demande, vous aurez acquis des droits à ma reconnaissance.

Bromier était radieux, sa voix tremblante pouvait

7

à peine exprimer sa satisfaction ; il voyait ses vœux accomplis : confident et favori du duc d'Aumale, une brillante fortune lui apparaissait en perspective.

Le duc s'était mis à son bureau ; il écrivait. Il donna à Bromier ses pouvoirs écrits pour se faire prêter assistance par les autorités militaires d'Abbeville, puis il le congédia.

Bromier ne perdit point de temps : il repartit immédiatement pour Abbeville afin de donner suite aux intentions du gouverneur.

CHAPITRE VI

Dispositions de famille à l'égard de la demoiselle de Maisnières.

L'hôtel du seigneur de Maisnières, à Abbeville, était situé à l'angle des rues Saint-Gilles et des Jacobins. C'était une maison à gros murs épais, coiffée de toits très élevés se terminant en pointe, les fenêtres étaient petites, de forme ogivale; quelques-unes étaient garnies de barreaux; l'une d'elles était accompagnée d'un balcon faisant saillie sur la porte d'entrée.

Le seigneur de Maisnières n'avait avec lui que sa femme et sa fille, son fils était au service du roi. Il recevait peu de monde, excepté le conseiller Claude Gaillard, le seigneur de Buissy, l'avocat Delcourt et le seigneur de Nolette, son parent, qui ne venait jamais à Abbeville sans lui rendre visite; excepté ce petit cercle particulier, il ne recevait personne, et sa vie se passait dans l'intimité de la famille.

La commission dont l'avait chargé le duc d'Aumale avait un peu dérangé ses habitudes sédentaires, et si ce n'eût été le désir d'être agréable au gouverneur de Picardie, il eût refusé de se déranger pour faire des recherches qui n'allaient ni à son caractère ni à ses habitudes.

A la suite de l'aventure qui lui était arrivée en revenant de Saint-Valery, il était resté quelques jours alité, ce qui ne l'empêchait point cependant de faire sa correspondance, et de rendre compte au duc d'Aumale des résultats de sa mission et de l'insuccès de ses recherches.

« Le marquis de Sillery, lui annonçait-il, n'est connu ni à Saint-Valery, ni à Boismont, ni à Saigneville; j'ai consulté les plus anciens de ces diverses localités, et, à tous, ce nom est complètement inconnu. »

Il terminait sa lettre en rendant compte de l'accident qui lui était arrivé, le soir à son retour, et de la perte de son cheval. Le seigneur de Maisnières ne doutait pas que cette relation dût lui valoir des éloges sur son zèle et son dévouement, car il attribuait à des intérêts personnels la recherche que faisait faire le gouverneur de la Picardie.

Le duc d'Aumale reçut cette lettre après la visite que lui avait faite Bromier : l'insuccès des démarches du seigneur de Maisnières lui fît regretter de n'avoir point donné plus de pouvoirs à celui-ci, et il se réserva de le rappeler pour voir quel parti il pourrait en tirer.

Lorsqu'il eut satisfait à ce devoir de sa charge et de ses relations, le seigneur de Maisnières se rappela son sauveur. Il avait déjà entendu parler de ch' quiot Picard, sans y avoir donné jusqu'alors une grande attention.

— Le quidam qui porte ce nom, se dit-il, est connu, je saurai le trouver; il faut bien que, d'une manière ou de l'autre, j'acquitte la dette de la reconnaissance: c'est à mon avis un devoir que nul homme ne doit négliger.

Il écrivit aussitôt une lettre au chef de la police municipale, pour le prier de lui donner des renseignements sur l'individu connu sous le nom de ch' quiot Picard, et l'engageant à le faire venir chez lui parce qu'il avait à lui parler.

A peine avait-il terminé cette longue correspondance, que la dame de Maisnières entra. C'était une femme d'une quarantaine d'années, d'un embonpoint respectable, avec une figure qui respirait la bonhommie et la satisfaction. Fière d'être fille d'un noble gentilhomme du Vimeu et l'épouse d'un conseiller honoraire de la ville d'Abbeville, elle occupait un haut rang parmi la bourgeoisie locale et dédaignait de se compromettre dans les conditions inférieures. Aussi sa mise était-elle toujours des plus recherchées : robe de velours cramoisi à longue queue, corsage d'or brodée de soie noire et de perles, le tout garni d'une large bande d'hermine; un riche collier de pièces d'or s'étalait sur sa poitrine; sur sa tête un bonnet garni de perles et de joyaux avec des bandes d'or. Pourquoi pas? Le seigneur de Maisnières était banneret et comptait sept quartiers, ce qui le plaçait au-dessus de la bourgeoisie ordinaire.

La dame de Maisnières trouva son mari dans cette disposition d'esprit où l'homme satisfait de lui-même, se concentre avec béatitude dans son intérieur, lorsqu'il entrevoit l'avenir sous des couleurs riantes. Le conseiller pensait au duc d'Aumale qui était tout puissant : il n'était sortes de faveurs dont il ne dût combler ceux qui se rendaient dignes de sa confiance.

La dame de Maisnières s'aperçut de la satisfaction intérieure de son mari.

— Vous pensez à quelque chose d'agréable, seigneur, lui dit-elle. J'en suis charmée, car après l'accident qui vous est arrivé hier, j'avais quelques appréhensions.

— Non, madame, répliqua celui-ci, je suis mieux, bien mieux; mais, dam', peu s'en est fallu que, pour le moment, vous fussiez veuve, et bien veuve.

— J'en avais un triste pressentiment; aussi en même temps que j'envoyais vos gens au-devant de vous sur la route de Saint-Valery, je me rendais moi-même à l'église Saint-Georges et j'y déposais un cierge à l'autel de la sainte Vierge en la priant de vous prendre sous sa divine protection.

— Aussi est-ce par l'effet d'un véritable miracle

que j'ai pu échapper à la mort, car il n'y avait plus
de salut possible, j'enfonçais dans l'eau et déjà je
perdais connaissance, lorsqu'un sauveur qui semblait
descendu du ciel, est venu m'arracher à la mort.

— Bien sûr, il descendait du ciel, reprit la dame
de Maisnières en se signant.

Puis changeant de ton, elle ajouta :

— Cette protection de la Vierge devrait aussi se
manifester pour nous, dans une autre circonstance,
et je suis bien aise de vous trouver disposé à
m'entendre pour causer un peu ensemble de cette
affaire qui me préoccupe.

— Eh bien ! je vous écoute, dit Maisnières, en
s'allongeant dans son fauteuil et croisant ses mains
sur son abdomen.

— Vous savez que notre fille Josine approche de
ses dix-sept ans. Déjà les jeunes seigneurs de cette
ville commencent à arrêter leurs regards sur elle,
ils la trouvent jolie, cela ne fait pas de doute; mais
cela devient embarrassant pour une mère, car nous
ne pouvons aller à l'église sans être l'objet de tous
les regards, et sans que des jeunes gens s'empressent au bénitier pour nous offrir l'eau du
salut.

— Eh! par le corps de saint Joseph, mon patron,
j'ai pensé à cela aussi bien que vous, madame, et
je crois qu'avant qu'il soit peu de temps écoulé,
j'aurai trouvé un parti très-brillant pour l'héritière
des seigneurs de Maisnières.

— Nous pourrions, dès à présent, dit la dame, encouragée dans sa communication, voir quel est parmi ces soupirants celui qui pourrait le mieux convenir. Nous avions récemment le fils de M. de Calonne, qui paraissait très-assidu à vouloir faire sa cour; je le portais en grande estime; mais il vient d'être tué en duel, il y a deux jours.

— En duel! comment cela s'est-il fait?

— Je l'ignore. Je viens de l'apprendre aujourd'hui même. J'ai aussitôt envoyé notre serviteur Aleaume aux renseignements.

— C'est un malheur que je déplore, car j'estimais beaucoup M. de Calonne fils. Mais nous avons d'autres prétendants. Je ne parlerai point de l'assesseur Bromier.

— Fi! un homme sans naissance, sans position et sans moralité, dit-on.

— Aussi je vous prie de croire que je l'ai promptement éconduit. Il y a M. de Saint-Félix, allié à la noblesse la plus pure.

— Je pencherais volontiers pour celui-là, reprit la dame de Maisnières.

— Il y a un inconvénient; M. de Saint-Félix père me paraît un peu entiché des idées nouvelles qui frisent l'hérésie, et nous allier avec lui serait nous compromettre gravement dans l'esprit de notre seigneur évêque et de monseigneur le duc d'Aumale, gouverneur de la province de Picardie.

— C'est un tort, reprit vivement la dame de

Maisnières, M. de Saint-Félix est aussi bon et aussi ferme catholique que vous et moi, et l'union de notre fille Josine avec son fils ne peut être que très honorable pour nous et pour notre maison.

— C'est presque déjà une proposition que vous me faites, madame ! Josine vous aurait-elle fait un aveu en faveur de M. de Saint-Félix fils ?

— Dieu me garde d'entendre ma fille manquer, à ce point, de respect à ses parents, reprit la dame avec animation; mais elle est jeune, elle est belle, et il est de notre devoir de prévenir les désordres que les hommages dont elle est l'objet peuvent apporter dans son cœur.

— Il y a cependant une raison pour que vous me parliez ainsi; ou vous avez découvert quelque secret qui vous inquiète, ou vous avez un parti pris à l'égard de M. de Saint-Félix.

— Je ne parle de lui que parce que vous l'avez nommé vous-même, car, quant à moi, tout ce que je désire, c'est que la demoiselle de Maisnières s'allie à un homme digne d'elle, digne de nous, digne du beau nom que nous portons.

— Craindriez-vous que Josine eût quelque penchant.....

— Non, interrompit vivement la dame de Maisnières; mais notre devoir est de prévenir ces sortes d'affections, déjà depuis quelque temps, Josine est rêveuse, parfois elle soupire, et je redouterais, si nous ne guidions nous-mêmes son choix, de trouver un jour des difficultés à la faire entrer dans nos intentions à son égard.

— Eh bien ! madame, nous nous en occuperons bientôt, je vous le promets; observez bien, mademoiselle de Maisnières, pour connaître les dispositions de son cœur, entrez dans sa confiance, c'est nécessaire, c'est même le devoir d'une mère. Quant à M. de Saint-Félix, je saurai avant peu si ce parti serait avantageux pour elle et pour nous.

On annonça en ce moment M. de Nolette, cousin du seigneur de Maisnières. Celui-ci était un homme grand et maigre, la figure accompagnée de deux énormes moustaches et d'une barbe en pointe dont l'extrémité tournée vers sa poitrine labourait continuellement sa veste de manière à y tracer un sillon graisseux.

— Eh ! par Dieu, cher cousin, s'écria-t-il en tendant la main au conseiller; on dit que vous avez failli perdre la vie dans les sables de la baie de la Somme. Jugez si je suis heureux de vous retrouver encore en bonne santé.

— Eh ! peu s'en est fallu que j'y sois resté. J'étais mort, complètement mort; mais un sauveur m'est arrivé.

— Et nous en rendons grâces à Dieu, n'est-ce pas, chère cousine ? ajouta le baron en se tournant du côté de la dame de Maisnières.

— J'espère bien, dit la dame, que ce sera une leçon pour l'avenir, et qu'il ne s'exposera plus à pareil danger.

— Mais qui donc a eu le bon esprit de venir vous sauver dans ce si grand danger ? Quelque marin, un pêcheur, sans doute.

— Oui, reprit le conseiller, un jeune homme très-bien, ma foi, quoique pêcheur de son état, je suppose.

— J'espère que vous lui aurez donné une bonne récompense.

— Il n'a rien voulu, après m'avoir déposé sur la berge à Rouvroy, il est reparti sans attendre mes remerciements.

— C'est étonnant de la part de ces gens-là. Et comment nommez-vous ce gas-là ?

— Je n'en sais rien, car il n'est pas supposable que son nom de famille soit ch' quiot Picard.

— Ch' quiot Picard ! Je ne connais pas cela, fit le seigneur de Nolette. C'est égal, c'est un brave jeune homme, et si je le rencontre un jour je veux lui témoigner ma satisfaction.

— Je le fais chercher, dit de Maisnières, il faut qu'on me l'amène ici.

— C'est très-bien fait; je vous approuve : à votre place, j'en ferais tout autant..... Et puis ! la famille se porte bien ! la petite Josine, ma filleule ?

— Vous allez la voir tout à l'heure, dit la dame de Maisnières. Elle est à sa toilette.

— Dam' c'est de son âge, la toilette. Et quoi !

ne songe-t-on pas bientôt à lui donner un époux ?

— Nous en parlions quand vous êtes entré, reprit le conseiller. C'est un moment d'embarras pour les parents.

— Je conçois cela; le choix. Dam' la petite est bien gentille; les parents ont de la fortune. C'est une raison pour amener les prétendants. Et puis, pour changer de conversation, reprit l'intarissable seigneur de Nolette, les Abbevillois refusent donc toujours d'entrer dans l'Union sainte ?

— Et ils font bien, reprit vivement de Maisnières. N'obéir qu'au roi, je ne connais que cela.

— C'est une question, dit le seigneur de Nolette en s'animant. Nous autres, châtelains, nous savons ce que nous souffrons des attaques des huguenots.

— Je ne prétends point me rendre le champion des hérétiques, dit Maisnières; mais je ne veux, en France, reconnaître qu'un seul maître, et lorsque j'ai juré d'être fidèle au roi de France, à Henri III enfin, je ne veux point me soumettre à ses ennemis, qu'ils se nomment Guise ou Mayenne.

— Allons, voilà qui est bien parlé; mais il y a des accommodements. Le roi finira par pactiser lui-même avec la Ligue, et alors il remerciera ceux de ses sujets qui l'auront éclairé et qui lui auront préparé la voie.

— Ces questions là m'intéressent très-peu, dit la dame de Maisnières, permettez-moi de vous quitter.

— Non, non, belle cousine, reprit vivement le

seigneur de Nolette en se levant et en la retenant;
nous allons causer de toute autre chose. On parle
dans la ville de l'assassinat de M. de Calonne fils,
par un manant, m'a-t-on dit.

— On m'avait dit que c'était un duel, reprit de
Maisnières.

— M. d'Hucqueville, gouverneur du château, m'a
assuré positivement que c'était un homme de rien.
Il le fait chercher; la potence en fera son affaire.

— Ce sera très-bien fait, dit la dame. M. de
Calonne, un charmant gentilhomme, perdre la vie
de la main d'un goujat : où en serait-on, grand
Dieu ! si la vie de nos seigneurs devait être ainsi
exposée !

— Oh ! soyez tranquille : aussitôt arrêté, aussitôt
son affaire faite : comme vous le dites, il faut un
exemple.

— J'ai envoyé prendre des renseignements, dit la
dame de Maisnières. Eh ! tenez, j'entends Aleaume
qui revient.

En disant ces mots, elle se leva et fut ouvrir la
porte à son messager.

— Eh bien! que vous a-t-on dit ?

— On dit, madame, que M. de Calonne, étant au
jeu de paume, a provoqué en duel un jeune homme,
et que celui-ci l'a tué.

— Vous voyez que c'était un duel, dit de Maisnières.

— Mais qui est ce jeune homme ? reprit la dame.

8

— Ah ! c'est un être extraordinaire dont on parle beaucoup à Abbeville depuis quelque temps. C'est ch' quiot Picard !

— Ch' quiot Picard ! répétèrent à la fois les trois personnages.

— Votre sauveur ! dit de Nolette en s'adressant au conseiller.

— Mais, ce n'est pas possible, dit celui-ci en se levant; on ne le pendra pas.

— Dam ! pourtant, reprit l'autre, comment l'éviter ? Un vilain qui tue un gentilhomme, c'est tout clair cela; où diable a-t-il été s'exposer à cela ?

— Voulez-vous me permettre de vous dire autre chose ? dit le serviteur. Je sais que le seigneur de Nolette est de vos intimes amis, c'est pourquoi vous ne trouverez pas mal que je répète la chose devant lui.

— Eh bien ! parles donc.

— On dit, répliqua Aleaume, en appuyant sur ses mots, que la querelle est venue parce que M. de Calonne aimait Mlle Josine et que ch' quiot Picard l'aimait aussi.

Les trois personnages se récrièrent. Le seigneur de Nolette trépignait sur sa chaise; le conseiller était resté atterré. Quant à la dame de Maisnières, qui était devenue pourpre, elle s'écria :

— Ch' quiot Picard ! ch' quiot Picard ! mais c'est donc le diable que cet être là ?

— Eh ! oui, madame, on le dit, répéta Aleaume.

— Mais notre fille va être perdue de réputation.

— Eh non ! madame, reprit avec plus de calme le seigneur de Maisnières. Nous allons voir ce que tout cela signifie, et nous éclaircir aussi sur l'identité de ce jeune homme et sur ce qu'il est, et rapportez-vous en à moi pour agir avec convenance selon que les choses et les circonstances l'exigeront.

En disant ces mots, le seigneur de Maisnières sortit accompagné de son ami, le seigneur de Nolette.

CHAPITRE VII

Où l'on reconnaît que de petites choses peuvent produire de grands effets.

On ne parlait en tous lieux, dans Abbeville, que de la scène du jeu de paume, et comme en tout temps la classe populaire a aimé les hommes de cœur et d'initiative, Gontran était devenu le héros et l'idole de la population. Cependant comme on savait que l'assesseur Bromier lui portait de la haine et que celui-ci était revenu d'Amiens avec des pouvoirs extraordinaires, on lui conseilla d'être prudent et de ne point s'exposer à tomber sous la main de ce justicier implacable. Tout le monde d'ailleurs lui était dévoué et il n'eût point été facile de l'arrêter en plein jour dans les rues d'Abbeville, car, considéré comme le héros de la multitude, on était disposé à marcher avec lui dans la persuasion que ce serait dans l'intérêt de la cause commune.

Le chef de la police, à qui le seigneur de Mais-

nières s'était adressé pour avoir des renseignements
sur son sauveur, lui répondit que ch' quiot Picard
était un mauvais sujet qui venait de tuer M. de
Calonne fils, et qu'il avait ordre d'arrêter pour en
faire bonne justice; mais qu'il n'était point facile de
le trouver, attendu qu'il se cachait dans les forêts
ou dans des cavernes.

Le seigneur de Maisnières fut attéré de cette réponse qui arrêtait sa reconnaissance; mais il se préparait d'autres évènements.

Le premier soin de Bromier, à son retour d'A-
miens, avait été de faire rechercher ch' quiot Picard,
afin de le livrer aux exécuteurs, mais il n'avait
pas été plus heureux que le chef de police. Il
ne tarda point à s'édifier sur l'esprit de la population à son égard, et il pensa que le meilleur
moyen de faire paraître son ennemi était de le
mettre à même de se placer à la tête de ses partisans. Dans ces conditions, l'occasion était facile à
trouver.

Le port s'étendait alors depuis le château, situé
entre le Pont-Rouge et la porte du Hocquet, jusqu'au
Pont-Neuf; la rue de la Pointe n'avait que de rares
maisons parmi des chantiers de bois, des entrepôts
de vins et autres dépôts de marchandises. L'église
Saint-Jacques, principalement fréquentée par les pê-
cheurs, se trouvait à l'extrémité d'une vaste place
où se tenait le marché de la poissonnerie; c'était là
que se rencontraient les marins, les portefaix et

s.

autres gens du menu peuple qui avaient ch' quiot
Picard en grande estime.

Le coin de la place, du côté du port était occupé
par une auberge très-renommée, ayant pour en-
seigne *la grant Nef d'or;* ses vastes salles, ses cours
garnies de tables sous des appentis de branchages,
étaient toujours occupées par de nombreux clients
qui, bien que n'ayant point de quoi manger, trouvaient néanmoins les moyens de boire. On parlait là
de toutes sortes de choses, et surtout des mauvaises
qualités de M. de Roncherolles, gouverneur de la
ville, et des habitudes sournoises de l'assesseur
Bromier. Aucun de ces fonctionnaires n'aurait osé
s'y aventurer seul, même de jour, car il aurait pu
avoir à rendre compte de bien des méfaits dont les
malheureux prolétaires avaient à se plaindre.

Depuis quelque temps ces griefs avaient pris un
caractère plus grave. Non-seulement le cabaret de
la grant Nef d'or était toujours plein, mais il se
formait chaque jour des rassemblements tumultueux
sur la place Saint-Jacques. On parlait dans ces
réunions des ligueurs qui méditaient la perte des
pauvres gens en s'emparant de tous les blés : depuis
longtemps la culture des campagnes, négligée et
même délaissée, ne produisait plus que de chétives
récoltes insuffisantes à la nourriture du peuple. Pour
y suppléer, on faisait venir des blés de l'étranger,
mais ce commerce laissait des temps considérables
de chômage, pendant lesquels ce bon peuple ne

vivait que de racines, ce qui n'empêchait que beaucoup périssaient de faim.

— Ça ne peut durer ainsi, disait un homme de figure sinistre qui se mêlait dans les groupes. Il faudra bien quitter le pays ou bien montrer les ongles.

— Nous ferions mieux de faire comme ch' quiot Picard, courir au-devant des navires de blé, puis nous en emparer avant qu'ils entrent en ville. C'est le plus sûr moyen d'avoir notre bonne part, sans quoi, la distribution pour nous ne se fait que lorsque les gros en sont repus.

— C'est vrai, dit un autre, il y a ici plusieurs grands seigneurs que je soupçonne fort de faire des approvisionnements. Si on s'entendait bien, on leur ferait une visite un peu soignée.

— Et pourquoi pas? répondit l'individu étranger. Ne sommes-nous pas les plus forts ? Il ne faut que s'y mettre, en criant : *à bas la Ligue!*

— Eh oui! à bas la Ligue! répondirent ceux qui écoutaient, et qui s'exaltaient par ces paroles.

Des clameurs qui éclataient également sur plusieurs points dans la foule, indiquaient suffisamment que la même question y était traitée avec la même animation. Il était évident que l'orage se formait et que la journée ne se passerait point sans que des coups fussent portés. Plusieurs individus du genre de celui dont nous avons parlé plus haut, allaient d'un groupe à l'autre, recueillaient les opinions et s'apprêtaient à se mettre à la tête de ceux qui voudraient marcher.

— Des armes! criait-on de tous les côtés.

— Des armes, répondaient les instigateurs; n'avons-nous pas nos poings, des pierres et des bâtons pour assommer ceux qui voudraient nous résister; et, s'ils résistent, nos adversaires n'auront-ils pas des armes dont nous saurons nous emparer? Allons donc! à l'échevinage!

— A l'échevinage! répondit-on de toutes parts.

Et la masse de ces gens déguenillés, au teint have, aux traits amaigris, s'ébranla et s'élança furieuse vers le lieu de réunion des officiers municipaux pour demander du pain.

Partout, sur le passage de cette horde effrénée, les passants se sauvaient, les portes se fermaient; les émeutiers donnaient des coups de bâton sur les fenêtres, proféraient des menaces de meurtre et d'incendie. S'ils rencontraient quelque passant qui n'avait pu s'esquiver à temps, ils le forçaient à se joindre à eux, ou bien ils le pourchassaient en le maltraitant.

Les instigateurs de ce mouvement, dès qu'ils virent les esprits montés et la troupe en marche, s'esquivèrent et fuient sur d'autres points remplir d'autres rôles. Jaspart, qui en était le chef, fut retrouver Bromier au présidial et lui rendit compte du succès de sa mission.

— Toute la populace est en effervescence, dit-il;

elle crie : à bas la Ligue ! à bas les Ligueurs ! et elle marche sur l'Hôtel-de-Ville.

— Très-bien ! tant mieux ! dit Bromier, nous sommes prêts à les recevoir. J'ai conféré à ce sujet avec d'Hucqueville et de Roncherolles : c'est un prétexte pour nous élever contre la ville, pour y abattre une autorité sans force et y proclamer le pouvoir de la Ligue. C'est très-bien ! je suis content ! Allez... A propos, ajouta-t-il en le rappelant, il faut, avant huit jours, que vous ayez quelque chose à me dire d'un marquis de Sillery qui, depuis près de trente ans, habite ce pays, soit les environs d'Abbeville, soit les environs de Saint-Valery. Allez, cherchez, informez-vous, et chaque jour, venez me rendre compte du résultat de vos démarches.

— Faut-il partir aujourd'hui ? N'aurez-vous pas besoin de moi dans cette journée qui promet d'être chaude ?

— Non, c'est l'affaire d'une matinée; avant trois heures nous en aurons pendu dix pour l'exemple et nos conseillers municipaux auront laissé leur place à d'autres. Allez donc, car j'aurai besoin de vous demain. Encore un mot... Savez-vous si ch' quiot Picard prend part à l'émeute ?

— Je l'y ai cherché, reprit Jaspart; mais je ne l'ai rencontré nulle part.

— S'il est ici, je saurai bien où le trouver, continua Bromier.

— Oh! sans doute. Quand il aura connaissance de ce qui se passe ici, il va accourir.

— Et j'ai donné des ordres pour qu'il soit reçu. Ainsi donc, hâtez-vous, je tiens à savoir, le plus tôt possible, le renseignement que je vous demande.

Jaspart étant parti, Bromier sortit pour se rendre à l'échevinage, mais les rues étaient pleines de monde : les uns couraient pour se rendre à l'échevinage où, disait-on, il se passait du désordre; les autres se sauvaient; les cloches tintaient, le tambour battait. Bromier, effrayé, prit le parti de suivre l'exemple de ces derniers. Il arriva ainsi sur le boulevard de Retz où des travaux de fortifications étaient en cours d'exécution. De ce point, il entendait les clameurs qui s'élevaient du côté de la ville, et il se sentait défaillir.

— Si nous allions ne pas être les maîtres, se disait-il. Oh! ce n'est pas possible; dans deux heures ce sera fini; il me semble même que le bruit n'est plus aussi intense. Ma foi! à l'échevinage, qu'y ferais-je, moi, pour le moment? ce n'est point ma place; je suis officier du présidial; il ne se passe rien de ce côté là, j'y retourne. Quand nous serons vainqueurs, je me montrerai.

Et le cœur ainsi reconforté, l'esprit rempli d'espérance, Bromier retourna vivement vers le présidial qui était écarté du lieu où se faisaient entendre les bruits.

A l'Hôtel-de-Ville, le gouverneur de Roncherolles était arrivé à la tête de deux compagnies de gens d'armes; il monta dans la salle des délibérations où les conseillers municipaux se trouvaient réunis.

— Que se passa-t-il donc? s'écria-t-il en entrant.

— Eh! vous le voyez, répondit le seigneur de Maisnières, nous manquons de pain, les malheureux meurent de faim : il faut arriver à un moyen énergique de faire cesser cette calamité.

— Eh! puissent-ils tous crever de faim d'ici à demain, reprit de Roncherolles. Ecoutez-les; c'est bien de pain qu'il s'agit; ils crient à tue-tête : *à bas la Ligue !* N'est-ce pas nous indiquer notre devoir. Si l'autorité royale est insuffisante pour prévenir ou réprimer de pareils désordres, il faut bien aviser à un autre moyen, et je n'en vois pas d'autre que celui dont monseigneur d'Aumale, gouverneur de Picardie, nous a donné l'exemple.

— Ce moyen serait peut-être un peu dangereux, répliqua le mayeur de Saint-Lau. Nous connaissons les douleurs du peuple, et nous nous appliquons à les adoucir. Bientôt, peut-être, si les passions qui s'agitent dans l'ombre, ne viennent pas contrecarrer notre action, la population d'Abbeville sera à l'abri de la famine; du travail sera donné à ceux qui ont besoin d'argent, et, avec la confiance en Dieu, et l'espoir dans la sollicitude du roi pour les malheurs de son peuple, nous ne tarderons pas à atteindre des jours meilleurs.

En ce moment, la populace arrivait vociférant devant l'hôtel, et criait :

— Du pain ! nous voulons du pain pour nos femmes et pour nos enfants !

— Entendez-vous cette canaille ? dit de Roncherolles.

— Je vais leur dire un mot, répondit Saint-Lau, en se dirigeant vers une fenêtre qui donnait sur la rue.

A sa vue, la foule se mit à crier :

— Vive notre mayeur ! Vive le mayeur de Saint-Lau !

— Il veut parler, dirent plusieurs voix dans la foule ; laissez-le donc parler.

— Mes amis, dit le mayeur, vous qui avez déjà donné l'exemple de la résignation et de la patience, ce n'est pas au moment où nous arrivons au terme de nos souffrances que vous voudriez tout gâter. En venant ici, vous cédez à de mauvais conseils ; je n'ose dire que vous cédez peut-être à des provocateurs intéressés à vous perdre...

Le commandant d'Hucqueville, qui se trouvait sous la porte cochère à la tête d'une compagnie qu'il avait amenée, entendant ces paroles, comprit l'ascendant que Saint-Lau possédait sur la population ; il donna l'ordre de repousser la foule. Alors des soldats se mirent en mesure d'obéir, ils tirèrent leurs dagues et frappèrent sur ceux qui se trouvaient à leur portée. En un instant le tumulte fut au comble.

— Vous voyez, cria-t-on, on nous donne de belles paroles et on nous égorge.

— Pas de composition, dirent d'autres, il nous faut du pain ou la mort !

— Du pain ou la mort ! répéta-t-on.

Et la masse recommença à s'agiter, les bâtons se brandirent, des pierres furent lancées ; le mayeur en reçut une qui le blessa grièvement à l'épaule. La troupe, qui avait l'avantage de la position, fit usage de ses armes, et le sang coula. La populace se répandit dans toutes les rues; elle entra dans les maisons, les pilla; sur quelques points on tenta d'allumer l'incendie ; les cloches continuaient à sonner, le vacarme était épouvantable.

Bromier, qui entendait tout ce bruit du présidial où il s'était réfugié, regrettait d'avoir éloigné Jaspart dont le secours en ce moment lui eût été très-utile. Cependant on apportait à chaque instant des nouvelles de la situation, et on parlait surtout de ch' quiot Picard, qui s'était mis à la tête de l'insurrection et qui mettait les troupes de la Ligue dans un grand embarras.

— Ah! le voilà pourtant, se dit Bromier en se frottant les mains. Nous le tiendrons! ce ne sera pas long.

— Eh! Eh! vous vous trompez peut-être bien, lui répliqua-t-on : il est venu à la tête de gens de la campagne déterminés comme lui, et, en ce moment, d'Hucqueville a le dessous et bat en retraite.

Bromier eut le frisson ; il regarda derrière lui pour voir si, au besoin, il y aurait une porte libre pour fuir.

Vers les trois heures, on exprès vint annoncer que le gouverneur de la ville, Roncherolles, avait proclamé le pouvoir de la Ligue. Sur tous les points les insurgés étaient vaincus, les principaux meneurs arrêtés et emprisonnés, seulement ch' quiot Picard tenait encore du côté de Saint-Wulfran.

Cette nouvelle calma les angoisses de Bromier et lui rendit toute son assurance.

— Il y a un bon moyen de le prendre, dit-il. Qu'on place une embuscade aux abords de la rue des Jacobins, dans la rue Saint-Gilles, et qu'on fasse dire autour de lui que la maison du seigneur de Maisnières est envahie. Je réponds qu'il ne tardera pas à tomber dans le piége.

— Vous auriez fait un bon capitaine, maître Bromier, lui dit de Canteleu, qui était lieutenant-criminel et qui n'avait non plus quitté son siége sous prétexte du devoir.

— Oh non ! dit Bromier, avec une feinte modestie, à chacun son métier : le mien ne sera jamais celui d'homme de guerre.

— Je parie que vous méconnaissez votre aptitude et votre mérite ; et je m'étonne de vous avoir vu rester sur votre banc, impassible, ou plutôt méditant en silence les moyens de dompter l'insurrection, car vous ne le nierez pas, maître Bromier, vous êtes tout de cœur à la Ligue qui s'organise.

— Je ne m'en cache nullement, reprit l'assesseur, parce que je ne vois pas sans effroi les progrès que fait le calvinisme dans cette ville et dans les environs.

— Eh ! mon Dieu ! reprit l'autre, on s'effraie à tort, selon moi ; si Calvin a des différents avec le Pape, c'est que Dieu l'a permis et que cette scission entre dans ses vues éternelles, soit pour une réforme utile, soit pour faire davantage éclater sa gloire.

Bromier comprit que son collègue avait des tendances à l'hérésie, et il se promit de l'observer en silence.

— Il me semble, dit-il, que les bruits et les clameurs diminuent. Nous pourrions, je crois, voir au dehors ce qui se passe : ce doit être curieux l'intérieur d'une ville après un combat.

Et les deux vaillants magistrats se hazardèrent à paraître sur le pas de la porte.

Les choses s'étaient faites comme Bromier l'avait indiqué. Gontran qui était accouru à Abbeville à la nouvelle de ce qui s'y passait, et qui amenait du renfort, avait été bien accueilli par les gens des faubourgs et par la population du quartier Saint-Jacques où il était connu. Il triomphait partout où il paraissait ; aux cris de : vive la Ligue ! il répondait par le cri de : vive le roi ! Il avait ramené l'avantage du côté du peuple, et il se trouvait en face de Saint-Wulfran d'où il espérait étendre ses forces sur toute la ville, lorsqu'il entendit dire à ses côtés :

— L'hôtel du seigneur de Maisnières est assailli ; sa femme et sa fille sont en danger.

— Que dites-vous ? s'écria-t-il ; la demeure du seigneur de Maisnières assaillie : par qui donc ?

— Eh, parbleu ! par des pillards !

— Courons-y, mes amis; ou plutôt, pendant que vous besognez comme il faut ici, suivez-moi quelques-uns, c'est l'affaire de cinq minutes : le seigneur de Maisnières est trop l'ami du peuple pour qu'on le laisse sans secours.

Disant ces mots, il court, suivi de Tête-Dure, qui ne voulut point le quitter, et de quelques autres des siens; il arrive au coin de la rue des Jacobins; il lève la tête vers le balcon de la demoiselle de Maisnières; tout est calme, la porte est fermée. Aussitôt il se trouve entouré; c'est sur lui qu'on se précipite; il n'a que le temps de crier à Tête-Dure :

— Vite, au château, tu m'entends !

— Moi partir quand mon maître est captif, dit Tête-Dure.

Et aussitôt il se jette au milieu de ceux qui se sont emparés de Gontran, qu'il cherche à délivrer. Mais le nombre trahit son courage, il est obligé de céder et de suivre ceux qui se sont emparés de lui.

Chemin faisant, il se rappelle l'ordre que lui a donné son maître; avant de passer le Pont-Talance, il donne un coup de pied à l'un, un coup de poing à l'autre, puis, dégagé des mains qui le retenaient, il gagne bientôt le Pont-Neuf et se trouve à l'abri des poursuites.

La capture de Gontran termina la résistance ; les insurgés, désorganisés, s'enfuirent dans toutes les directions. De Roncherolles, d'Hucqueville et les autres principaux officiers dévoués à la Sainte-Union, parcoururent la ville à cheval, escortés de cavaliers qui sonnaient de la trompette, et portant des bannières sur lesquelles était écrit : Vive la Ligue sainte ! vive le duc de Guise ! vive Mayenne ! vive d'Aumale !

Bromier, triomphant, parut à son tour ; le sabre nu à la main, il rejoignit le cortége sur la place Saint-Paul.

— Vive la sainte Ligue, seigneurs ! s'écria-t-il en saluant de Roncherolles et d'Hucqueville.

Ceux-ci lui rendirent à peine son salut et détournèrent la tête. Hommes d'honneur, ils étaient honteux de voir dans leur parti un homme que personne ne pouvait estimer.

Mais Bromier avait déjà dépêché son exprès vers le duc d'Aumale pour lui rendre compte du succès de la journée et demander ses ordres. Il s'inquiéta donc fort peu de l'espèce de mépris que lui témoignaient les chefs de la Ligue à Abbeville ; il se promettait d'avoir sous peu de jours sa revanche.

A la suite du cortége marchaient les prisonniers, qu'on allait conduire dans les cachots du château des Marais, situé entre la porte du Hocquet et

9.

la rivière de Somme. Ils marchaient les bras attachés derrière le dos, mais la tête fière et altière. Ch' quiot Picard se faisait remarquer au milieu d'eux par sa bonne mine, sa tournure élégante et la noble résignation de son maintien. Maintenant que le triomphe était donné au parti anti-populaire, une foule compacte suivait le cortége en criant : Vive la Ligue ! à bas les Huguenots! et en chantant des chansons à l'honneur du duc de Guise.

Lorsque Gontran passa sous les voûtes de la porte du château, son regard se rencontra avec celui de Bromier, qui s'était arrêté pour le voir passer. Il put voir alors tout ce qu'il y avait de haine dans l'esprit de cet homme, auteur des maux qui affligeaient en ce moment la ville, et qui faisait une affaire d'état de sa vengeance particulière.

Bromier se disposait à entrer aussi au château, mais on leva le pont-levis, et l'assesseur, stupéfait, resta dehors avec la foule qui se mit à le huer en chantant :

C'est un bien méchant homme
De tout le monde haï.
Ah ! quand il mourra comme
On sera réjoui.

Bromier, furieux, partit au galop de son cheval, jurant de tirer vengeance de tout le monde : dans ce moment, s'il en avait eu le moyen, il eût mis le feu à la ville et traîné tous les passants à la potence.

En revenant, par la chaussée du Hocquet, le galop d'un cheval, venant derrière lui, lui fit tourner
la tête; c'était Jaspart qui rentrait de sa mission.
Bromier oublia un instant sa rancune pour briller,
même aux yeux de son valet.

— Eh bien! tu vois, lui dit-il, nous triomphons; nous avons culbuté les révoltés et nous venons de les mettre sous les verrous : dans deux
jours leur compte sera fait.

Jaspart était bien sûr que son maître ne s'était
pas exposé; mais en habile courtisan, il lui fit ses
compliments.

— J'en étais sûr, ajouta-t-il; cependant j'aurais aimé être avec vous, car dans les moments de
danger on aime être près des personnes qu'on affec-
tionne.

— Et nous tenons ch' quiot Picard, ajouta Bromier avec un éclat de satisfaction.

— Ah! tant mieux !

— J'étais bien sûr de le prendre. Mais toi, à propos... as-tu quelque nouvelle à m'apprendre ?

— J'ai vu tout le pays d'ici à Saigneville, je n'ai
pas négligé une maison ; j'ai voulu parler moi-même
aux personnes et surtout aux plus vieux ; à Rouvroy, à Mautort, à Cambron, Cahon, Gouy, j'ai tout
vu, tout entendu, sans rien apprendre. A Saigneville,
j'ai pourtant rencontré un vieillard employé dans
les salines, qui m'a dit : je sais de qui vous voulez
me parler.

— Ah ! ah ! s'écria Bromier, nous le tiendrons
donc ce secret.

— Le vieillard paraissait bien, certain de son
fait; il allait, me disait-il, me donner les indications
que je demandais; mais lorsqu'il s'est trouvé seul
avec moi, et que je m'attendais à des révélations,
il m'a regardé attentivement, puis il s'est refusé à
me dire un seul mot.

— Il fallait le faire parler de force; tu vas y retourner. Le nom de cet homme ?

— Bulot !

— Sache donc que cet homme est maître d'un
secret important qu'il faut que je connaisse.

— J'ai essayé les promesses et les menaces; rien
n'y a fait : j'ai su seulement que le marquis de
Sillery demeurait ou avait demeuré de l'autre côté
de l'eau, vers Nouvion ou Sailly.

— Tu n'as pas été assez ferme; tu vas y retourner, et s'il refuse de parler, tu me l'amèneras pieds
et poings liés.

Jaspart, soumis jusqu'à l'extrême, avait déjà
tourné bride. Bromier le rappela.

— A propos, j'ai besoin de toi demain. Reste, nous
irons ensemble le jour suivant. Je veux voir ce
vieillard, le questionner moi-même.

Jaspart resta, et tous deux rentrèrent dans le
cœur de la ville où les bourgeois, un peu revenus
de leur terreur, commençaient à se montrer sur le
pas de leur porte.

CHAPITRE VIII

Le château de Toflet.

Malgré le mépris bien marqué dont il avait été l'objet de la part des chefs de la Ligue, Bromier considérait cette journée comme un coup du sort qui lui applanissait les voies de la fortune ; il l'avait provoquée et s'il ne s'était pas montré dans le feu de l'action, il ne devait pas moins s'attribuer le succès que son parti venait d'obtenir. Il jouissait de savoir sous les verroux ch' quiot Picard, qu'il regardait comme son ennemi personnel ; il se promettait bien de le faire pendre sans autre forme de procès ; mais, comme il le supposait affilié à quelque conjuration contre la Sainte-Ligue, il se proposait de l'interroger et d'arriver à connaître des faits qui ne manqueraient pas de le faire valoir auprès du duc d'Aumale.

Il fallait voir comme il se pavanait dans les rues, comme il saluait d'un air de protection ceux qu'il

honorait de son regard. Il se considérait comme
l'homme indispensable et il estimait bien au-dessous
de lui les gouverneurs d'Hucqueville et de Roncherolles. Le soir, il rencontra le seigneur de Maisnières.

— Eh bien ! dit-il avec malice, nous triomphons ;
les insurgés sont dans les cachots, et nous aurons le
plaisir d'en pendre quelques uns. Si je n'étais arrivé à temps, vous étiez pillé. Le chef le plus redoutable, ch' quiot Picard, est tombé entre nos
mains et je vous promets que son affaire ne sera
pas longue lorsque j'aurai pénétré certain mystère
qui entoure son existence.

— Allons, monsieur Bromier, dit le seigneur de
Maisnières, vous vous relâcherez un peu de votre
rigueur. Ce jeune homme a commis des fautes, j'en
conviens ; mais c'est une bonne tête qui peut être
utilisée dans l'intérêt d'une bonne cause. Quant à
moi, vous savez que je lui dois la vie.

— D'autres à sa place en eussent fait autant que
lui. On ne peut, au surplus, faire grâce à l'assassin de M. de Calonne fils.

— C'était un duel. J'ai tout su du baron de
Fouilloy, qui était témoin.

— Je n'y puis que faire, reprit Bromier, il a été
pris les armes à la main, c'est un vagabond, un
perturbateur, et je soupçonne fort que, dès demain,
je trouverai chez lui quelque preuve de trahison.

— Je ne saurais approuver cette rigueur, dit le
seigneur de Maisnières. La personne dont vous

me parlez est aimée à Abbeville ; ce serait d'une mauvaise politique de mécontenter en ce moment la population.

— J'en suis bien fâché, reprit encore Bromier; mais nous avons chacun nos devoirs à remplir : vous n'ignorez pas qu'il s'agit ici de la religion et de l'Etat ?

— Très-bien ! fit Maisnières avec humeur, faites votre devoir comme vous l'entendez; je ferai également le mien.

Bromier n'avait provoqué le seigneur de Maisnières que pour se venger du refus qu'il lui avait fait précédemment de la main de sa fille. Il était bien aise d'arriver à ce sujet intéressant, et il exclama avec un grand éclat de voix :

— Par la sambleu ! seigneur de Maisnières, il semblerait, par cet intérêt que vous portez à ce chenapan, que vous ne seriez point fâché de l'avoir pour gendre.

— Que signifie ? dit Maisnières s'emportant de colère.

Bromier concentrait depuis longtemps le ressentiment du refus que lui avait fait le seigneur de Maisnières à l'égard de sa fille. Se croyant maintenant assez fort pour le manifester, il ne gardait plus de mesure, et il exhala sa bile en ces termes :

— N'avez-vous pas repoussé ma demande, moi dont la parenté touche à de nobles gentilshommes ?

— Voilà donc la véritable cause de votre haine contre ce jeune homme ? reprit Maisnières outré d'indignation. Les paroles que vous venez de dire sont d'un insolent; je ne les oublierai point.

— Je ne vous crains aucunement, riposta Bromier, vous serez peut-être très-heureux un jour de me voir agréé par la demoiselle de Maisnières, si cela me convient encore.

En disant ces mots, il s'éloigna fièrement, laissant le conseiller indigné d'une audace dont il ne devinait pas toute la portée.

Il tenait plus que jamais à la demoiselle de Maisnières qui, outre la fortune qui lui reviendrait de son père, était aussi l'héritière du seigneur de Nolette. Le duc d'Aumale lui avait promis que ses vœux, de ce côté, seraient exaucés; il connaissait la puissance de ce seigneur, et peu lui importait la volonté du conseiller dont il désirait d'ailleurs se venger; il avait envoyé un nouvel exprès au duc d'Aumale pour l'informer du résultat de la recherche du marquis de Sillery et pour demander ses ordres. Le lendemain, le duc lui envoyait des lettres de félicitation et le nommait commissaire extraordinaire avec des pouvoirs étendus pour agir au nom du gouverneur et de la Sainte-Union ; il lui recommandait, en même temps, de ne point oublier sa recommandation à l'égard du marquis de Sillery et de continuer ses recherches sur la rive droite de la baie de Somme.

Cette lettre était un triomphe pour l'assesseur :
il allait pouvoir se venger du mépris dont les chefs
de la Ligue l'avaient accablé, se venger surtout de
Maisnières, et il se promettait de donner un éclat
extraordinaire à la promulgation de ses nouveaux
pouvoirs. Pour commencer, il se rendit au château
et fit dire au gouverneur d'Hucqueville, qu'au nom
du duc d'Aumale, il désirait interroger secrètement
ch' quiot Picard.

Le gouverneur ne put se refuser à cet ordre ;
Gontran fut amené devant Bromier. Le jeune homme
se posa fièrement devant lui, attendant qu'il lui
adressât la parole.

— Eh bien ! dit Bromier, nous y voilà pourtant.
Vous allez répondre avec précision à mes questions.
Quel est votre nom ?

—Que vous importe? répondit Gontran. Vous le
savez d'ailleurs.

— Je ne suppose point que ch' quiot Picard puisse
être un nom de catholique romain.

— Vous connaissez donc très-peu votre calendrier ? Cela peut vous entraîner dans des mécomptes
et des déceptions, maître Bromier : je vous engage à
y prendre garde.

— Ne plaisantez pas : votre position est grave.

— Si je pouvais en douter, votre vue suffirait
pour me convaincre que je suis tombé entre les
mains d'un être capable des plus mauvaises actions.

— On dit que vous êtes né au château de Toffet et on ajoute que vous êtes fils de l'esprit malin.

— On ne peut empêcher les sots d'inventer des turpitudes.

— Vous n'habitiez pas seul?

— Non.

— Quels sont les gens qui vivaient avec vous, les personnes que vous fréquentiez?

— De braves gens, mes amis, mes camarades.

— Ne conjuriez-vous pas contre le roi et contre la religion?

— Mes affaires ne regardent personne; je n'ai à en rendre compte qu'à Dieu.

— Savez-vous que vous avez mérité ou le bûcher ou la potence?

— Je sais que je suis en présence d'un homme qui fait un vil métier; j'ignore le sort que Dieu me destine.

— Vous le connaîtrez demain..... Ah! vous avez refusé mes offres lorsque je vous proposais la voie de la fortune. Il est trop tard, maintenant, mon ami : le temps de choisir une bonne corde, et votre compte est réglé.

Gontran ne répondit rien; les bras croisés sur sa poitrine, il laissa s'exhaler la colère de Bromier, témoignant de son profond mépris par le silence et la tranquilité.

Bromier n'ayant plus rien à dire, fit reconduire son prisonnier dans son cachot, et se tournant vers

Jaspart, qui avait assisté à l'interrogatoire, il lui demanda s'il connaissait le château de Toflet.

— J'ai passé dix fois auprès, répondit l'affidé, mais je n'y suis jamais entré.

— Nous irons demain, et nous nous ferons accompagner d'une puissante escorte, car je suspecte ce repaire et ceux qui l'habitent.

Le lendemain, en effet, Bromier, suivi d'une troupe de vingt soldats, commandés par un officier, prenait la route de Laviers avec la persuasion qu'il allait y découvrir des secrets importants.

Ainsi que nous l'avons dit, la mer venait alors baigner les premières maisons de Menchecourt, et on ne marchait qu'avec difficulté le long du côteau qui s'étend jusqu'à l'entrée du village. Les paysans, étonnés, regardaient avec inquiétude cette troupe d'hommes armés dont ils ignoraient les intentions, et lorsqu'ils reconnurent qu'elle venait sur eux, ils se sauvèrent à la hâte dans les bois du voisinage.

Le château était à l'autre extrémité du village, sur la pente du côteau faisant face à la mer; quelques vieux murs écroulés couvraient encore le flanc de la falaise à pic, et la tour ébréchée montrait sa tête crénelée au-dessus des arbres de la forêt. Les soldats, après avoir longtemps cherché un endroit propre à gravir la côte, découvrirent enfin un sentier étroit et tortueux, mais très-difficile à suivre, qui conduisait au pied du monument. Ils se trouvèrent alors devant un amas de ruines dont ils finirent par découvrir la porte, enclavée dans un épais massif de maçonnerie, au pied de la tour. Un fossé, comblé en partie par les décombres, avait entouré le monument, et les vestiges d'un pont se montraient encore aux abords de la porte. Du côté de la mer, la tour paraissait dominer un précipice; sur deux autres côtés, les arbres de la forêt, dressant leurs têtes touffues au-dessus des ruines, semblaient les protéger contre les vents violents du nord et de l'ouest. Le château n'était donc accessible que par le côté faisant face au village de Laviers, par où la troupe était arrivée.

— Ce lieu a vraiment l'air d'être habité par des suppôts de l'enfer plutôt que par des hommes, dit Bromier en regardant l'officier pour voir s'il n'était pas trop effrayé.

— Hommes ou diables, répondit celui-ci, nous ne repartirons pas sans en avoir raison.

Bromier, un peu rassuré par cette réponse militaire, ordonna à Jaspart de frapper à la porte.

Il n'y avait point de marteau; Jaspart prit une pierre et la lança de toute sa force contre la fermeture de chêne doublée de ferrures, sans obtenir d'autre effet que la production d'un son sourd et sec; mais la porte ne s'ouvrit point et personne ne répondit.

L'officier, qui s'était avancé à son tour, frappa avec la poignée de son sabre et dit :

— Holà! ouvrez, au nom de monseigneur le gouverneur de Picardie!

Personne ne répondit encore.

— Ils y mettent de la malice, reprit l'officier;
nous allons voir qui sera le plus malin.

— N'est-ce pas que c'est louche? dit avec une
sorte d'inquiétude, Bromier qui avait osé s'avancer
jusque près de la porte.

— Je commence à croire comme vous, dit l'officier, qu'il y a là quelque chose peu ordinaire. Ou
cette habitation est déserte, ou bien elle renferme
des personnes suspectes intéressées à ne point nous
recevoir.

— Avez-vous entendu dire, reprit Bromier, que
le diable?...

— Eh! le diable, fit l'officier avec humeur; s'il y
est nous le verrons, et je n'en serai ma foi pas fâché
car je n'ai point l'honneur de le connaître. Mais je
crois que l'endroit récèle plutôt des brigands ou
des Huguenots.

— Au fait, se dit Bromier, je n'avais point à les
accompagner, et je ne sais quelle idée m'a pris de
venir moi-même faire un métier de soldat. Si j'osais
je retournerais.

— Qu'on enfonce la porte! cria l'officier.

Et, joignant l'exemple au commandement, il se
rua contre l'obstacle. Vingt poignets de fer, des pieds,
des hanches et des épaules solides joignirent leurs
efforts pour ébranler la porte de chêne; pendant

dix minutes, on n'entendit que le bruit des poitrines haletantes, de gros jurements et le frolement des corps contre la porte de chêne; mais les gonds cramponnés dans le mur ne bougeaient point, et les ais épais semblaient être vérouillés du haut en bas.

— Les lâches, dit Jaspart, ils ont peur ! qu'ils osent donc nous regarder en face !

— Je suis d'avis de mettre la place en état de siège, dit l'officier. Si nous ne les prenons par la force, nous les obligerons à se rendre par la famine.

— C'est peut-être ce qu'il y a de mieux à faire, dit Bromier qui n'aspirait qu'à s'en aller : je vais vous laisser là, je vous enverrai des forces.

— Vous ne comptez pas, dit un sergent, que ce repaire n'a point qu'une seule porte : j'ai entendu dire qu'ici il y en a peut-être douze sur une étendue d'une lieue. Allez donc affamer une place semblable.

— Eh bien ! tentons l'escalade, dit l'officier en se reculant pour découvrir les endroits faibles de l'édifice.

— A l'escalade ! à l'escalade ! répétèrent les soldats.

Et s'aidant de pièces de bois, de pierres, de blocs de maçonnerie, d'arbres renversés; s'aidant, se poussant, se portant les uns les autres, les assaillants parvinrent à escalader une brèche et à pénétrer dans la cour. Les premiers arrivés vinrent aussitôt ouvrir la porte. Bromier, qui ne voulait point rester seul dehors, entra, non sans quelque hésitation, avec les autres.

La cour présentait un parallélogramme dirigé du Nord au Sud; des pierres, des poutres, des débris de toute sorte en couvraient une grande partie, quoique des portions de murs restées debout en eussent néanmoins conservé l'enceinte; à côté de la tour une petite portion du bâtiment était en assez bon état et paraissait pouvoir être encore habitée. Du reste, le tout menaçait une ruine complète, et un silence de mort régnait dans toutes les parties de l'édifice.

Après avoir un instant contemplé cet étrange castel, l'officier se dirigea vers la partie des bâtiments restée debout; une porte ronde était fermée, mais, moins solide que la porte d'entrée, elle céda sous la poussée et tomba en dedans. La bande se précipita aussitôt dans la pièce, l'arme au poing, croyant y trouver des hommes à empoigner ou des ennemis à combattre; mais tout était vide comme si la maison n'eût point été habitée depuis plus de vingt ans.

Les soldats furetèrent dans tous les coins. Bromier se hasarda alors à avancer la tête à la porte, à regarder l'appartement dans tous les coins, puis enfin à entrer tout-à-fait dans la pièce.

— Cela sent son sorcier ou je ne m'appelle pas Bromier, dit-il en plongeant encore son regard sur les quatre murs entièrement nus.

— On se cache ici, cria l'officier d'une voix tonnante; mais, par la mort dieu, je saurai bien dénicher les lâches et les obliger à montrer leurs moustaches!

— Puisqu'il y a des souterrains, dit Jaspart, ils s'y seront fourrés. Si nous avions au moins de quoi faire un grand feu, nous pourrions peut-être les enfumer.

— L'idée est bonne, mais les moyens de l'appliquer nous manquent, dit l'officier.

— Puis le temps nous ferait défaut, ajouta Bromier, toujours disposé à s'en aller.

A l'une des extrémités de la pièce était une grande cheminée qui en occupait toute la largeur. Jaspart, qui furetait de tous les côtés, prétendit que les cendres étaient encore chaudes.

— A preuve, disait-il, qu'il devait y avoir des habitants.

A cette nouvelle Bromier se sauva jusqu'à la porte, car ce qu'il redoutait le plus était de se trouver en face d'habitants de ce manoir.

— Partons, dit-il, nous enverrons du monde en forces pour fouiller partout.

Jaspart, en furetant toujours, trouva un livre dans la cheminée.

— Voilà quelque chose, dit-il, et si ce sont des diables, ce sont de bons chrétiens, car c'est, par ma foi, un livre de messe.

Bromier vint à son tour regarder le livre qui paraissait avoir été richement relié, car il portait encore sur la couverture un blason en relief.

— Je garde cette pièce, dit-il; s'il n'y a plus rien antre chose, partons.

Mais les soldats s'étaient répandus par toutes les portes qu'ils avaient pu ouvrir. Quelques-uns étaient montés jusqu'au sommet de la tour où ils ne trouvèrent qu'un poteau servant à attacher la lanterne chaque soir. Plusieurs portes cédèrent, d'autres étaient aussi solidement fermées que la porte d'entrée : on dut renoncer à les ouvrir. Bromier, qui s'était un peu rassuré, ouvrit lui-même une porte : c'était une armoire d'où sortit un gros chat noir qui se sauva en passant par-dessus ses épaules, ce qui lui causa une telle frayeur qu'il poussa un cri auquel accoururent aussitôt tous les fureteurs comme à un signal de ralliement.

— Un chat, dit l'officier, et un chat enfermé dans une armoire, est un signe certain que le manoir n'est pas vide d'habitants.

— Je le parierais aussi, opina le sergent; mais il y a au moins six portes qui sont solidement verrouillées en dedans.

— On y reviendra, dit Bromier; pour le moment il se fait déjà tard, la nuit ne tardera pas à se faire et personne, sans doute, n'est d'avis de rester ici.

— L'éveil est donné, reprit l'officier, vous pouvez être sûr qu'à la première visite, on trouvera encore moins de choses : ceux que nous avons intérêt à découvrir se seront mis sur leurs gardes, peut-être même seront-ils hors d'atteinte.

— Je ferai tout démolir, pierre par pierre, dit Bromier. D'ailleurs vous voyez que la nuit vient, et, avec toutes ces apparences de diableries, nous pourrions bien commettre une imprudence si nous restions plus longtemps.

L'officier paraissait s'inquiéter fort peu des diables et il n'eût point été fâché de se trouver face à face avec un être quelconque décidé à lui tenir tête, mais le soir commençait à baisser, et il était d'ailleurs aux ordres de Bromier; il fit l'appel; il lui manquait trois hommes et Jaspart. On les appela. Bromier se tenait à la porte de la cour et il trépignait, car la nuit arrivait vite et les objets éloignés se revêtaient déjà à ses yeux d'une apparence fantastique. Les retardataires arrivèrent enfin; ils avaient pénétré dans les caves qui étaient spacieuses et où ils avaient failli se perdre dans des couloirs sans fin. L'un d'eux assurait avoir entendu des voix parlant très-bas; peut-être ils se seraient égarés s'ils ne s'étaient guidés sur les cris qui les appelaient.

Pressé par Bromier, l'officier donna le signal de la retraite. La porte extérieure était restée ouverte; chacun s'éloigna avec le regret de n'avoir pu approfondir le mystère de cette singulière habitation. Bromier était sorti un des premiers, et bien lui en prit, car le dernier homme avait à peine enjambé le seuil, que la porte se referma sur ses talons, comme poussée par un puissant ressort. A ce coup, tous les gens de la troupe se retournèrent et s'entre-regardèrent; mais ils ne virent point leur mutuelle terreur, car déjà il faisait nuit complète.

— J'avais bien dit, s'écria Bromier, que nous avions à faire à un suppôt du diable. Nous avons bien fait de repartir : il n'y avait là rien de bon à gagner.

— Oh ! il ne me fait pas peur, dit l'officier, et si le diable lui-même veut sortir, je l'attends de pied ferme.

L'officier s'était arrêté, la face tournée du côté des ruines, menaçant du geste, appelant le diable ou le brigand en combat singulier; mais rien ne sortit, rien ne bougea, rien ne se fit entendre. Seulement, comme la petite troupe s'éloignait silencieuse et que l'officier se retournait encore, comme regrettant de quitter ces lieux sans y avoir rencontré personne, la lumière de la tour parut tout-à-coup pour remplir son office de fanal de nuit.

— Partons vite ! dit Bromier, en redescendant vivement le sentier par lequel ils étaient montés.

— C'est une partie de plaisir manquée, répétait l'officier, mais nous y reviendrons.

Une heure après la troupe rentrait à Abbeville.

CHAPITRE IX

Où l'on démontre que la loi du plus fort est
toujours la plus sûre.

Le seigneur de Maisnières, qui ne pouvait oublier le service que lui avait récemment rendu ch'
quiot Picard, songeait aux moyens de le tirer de sa
prison, soit à l'aide d'influences dévouées, soit par
la ruse ou la force; mais une pensée le tourmen tait :
son domestique Aleaume avait dit, devant le seigneur de Nolette, que ch' quiot Picard s'était battu
pour sa fille avec le fils de Calonne, et Bromier venait de lui répéter ce propos d'une manière insul-
tante. Il voulait bien arracher à la mort celui qui
lui avait sauvé la vie; mais, pour faire taire des
bruits qui pouvaient nuire à la réputation de sa
fille, il comptait exiger que celui-ci quittât le pays.

Afin d'éclaircir ses doutes, il se résolut à parler de
ch' quiot Picard en présence de sa fille, et d'observer
sa contenance; il irait ensuite trouver l'assesseu

Bromier et lui demanderait raison d'un outrage qu'il n'était point décidé à lui pardonner, dût-il en appeler à la justice du duc d'Aumale.

Le soir, après le dîner, comme la conversation s'était portée sur les évènements de la veille, il rappela l'accident qui lui était arrivé quelques jours auparavant, et comment il avait été arraché à une mort certaine par un jeune homme qu'on ne lui avait désigné que sous le pseudonyme de ch' quiot Picard.

A ces mots, une vive rougeur couvrit les joues de Josine, qui baissa la tête afin de dissimuler son trouble. La dame de Maisnières ne put elle-même réprimer un mouvement qui trahit sa pensée. Le conseiller s'en aperçut.

—Oh! oh! se dit-il, est-ce que Bromier aurait dit vrai? Il en sait donc plus que moi sur ce qui se passe dans ma maison.

Sûr de son fait, et ne voulant point, pour le moment, pousser plus loin cette question, il changea de ton et dit en s'adressant à sa femme:

—Je dois la vie à ch' quiot Picard. Que feriez-vous, à ma place, si, aujourd'hui, ce jeune homme était menacé de mort?

Josine releva la tête avec une sorte d'effroi. Ses yeux interrogeaient la figure de son père et semblaient lui demander si ses paroles étaient vraies. La mère resta impassible.

—Oui, madame, ch' quiot Picard, puisque je ne lui connais pas d'autre nom, a été arrêté hier ici,

11

pendant l'émeute, sous vos fenêtres; en outre de la
mort de M. de Calonne fils dont il est coupable, il
est accusé de rébellion, et il va être pendu. Dites-
moi, à ma place, que feriez-vous ?

— J'essaierais de démontrer qu'il est innocent,
dit la dame de Maisnières, et je lui sauverais la
vie.

— Oh ! non, il n'est point coupable, s'écria Josine en implorant son père.

— Qu'en savez-vous, mademoiselle ? dit sèche-
ment la mère. Il s'agit ici de la reconnaissance que
doit votre père à un homme qui lui a porté secours.
Aucun autre intérêt, je pense, ne nous attache à
cette question. Rentrez dans votre chambre.

Josine obéit à regret; elle jeta sur son père un regard de douleur qui semblait être une prière, et
s'éloigna.

— Voyons, madame, parlez-moi franchement, dit
le conseiller. Comment se fait-il que la demoiselle
de Maisnières, qui ne vous quitte jamais, connaisse
ce jeune homme, qui n'est pas de son rang; un
marin, un pêcheur? Le bruit en court dans la ville,
on me l'a répété, et vous comprenez que je ne puisse
tolérer de semblables propos.

— C'est autant incompréhensible pour moi que
pour vous. Votre fille ne me quitte jamais, même pour
aller à l'église, et vous savez que nous ne recevons
personne.

— Cependant, madame, vous saviez ce qui était,

hier encore, un mystère pour moi. Où et comment mademoiselle de Maisnières a-t-elle connu ce jeune homme ?

— C'est, je crois, à l'église où, par le temps d'impiété où nous vivons, les femmes ne peuvent plus aller sans être regardées par les hommes, qui oublient qu'ils sont dans la maison de Dieu.

— Et vous croyez que ch' quiot Picard sera venu à l'église pour causer avec votre fille ?

— Il n'a jamais causé avec elle, s'il lui a parlé, ce n'est que des yeux. D'ailleurs il n'était point le seul, et si la demoiselle de Maisnières l'a remarqué, j'ai lieu d'en être étonnée, scandalisée, indignée, car il y venait des jeunes gens d'un rang élevé, tels que MM. du Bellay, de Saint-Félix et de Calonne; mais aller prendre attention à un rustaud, cela m'indigne, et je vous conseille de blâmer vertement votre fille.

— C'est un grand malheur que vous n'ayez point prévenu ce fait regrettable, qui vous prépare sans doute des chagrins ainsi qu'à moi.

— J'espère bien qu'il n'en sera rien, reprit avec fierté la dame de Maisnières. Notre fille est recherchée par quelques jeunes gens de mérite et de naissance, nous la marierons, et je vous engage à nous en occuper de suite.

— Ce qui était facile il y a un mois, ne le sera peut-être plus autant aujourd'hui. La médisance est active, vous le savez; on parle déjà dans Abbeville des liaisons de la demoiselle de Maisnières avec un jeune homme de basse naissance, un pêcheur, que sais-je. Un homme, intéressé à nous décrier, parce que j'ai repoussé sa proposition, s'est fait le colporteur de ces médisances.

— Quel homme ? reprit vivement la dame. Et de quelle proposition voulez-vous parler ?

— L'assesseur criminel Bromier. Il y a deux mois qu'il me demandait la demoiselle de Maisnières en mariage. C'est un ambitieux, un intriguant à qui tous les moyens seront bons pour s'élever.

— Je préférerais M. de Saint-Félix. C'est un gentil-homme, jeune, aimable, plein de bravoure, dit-on, dont j'ai deviné les sentiments.

— Eh ! Si M. de Saint-Félix ne s'est point prononcé, comment voulez-vous que j'aille lui faire la proposition d'épouser ma fille ? Et d'ailleurs, supposons que tout aille au gré de vos désirs, admettons qu'il l'épouse, ne craignez-vous point que ces bruits ne viennent ensuite troubler le ménage.

— C'est à quoi tout le monde est exposé en se mariant, reprit la dame de Maisnières. Quelle est, par le temps où nous sommes, la demoiselle la plus pure qui soit à l'abri de la médisance ? Le parti le plus sage, dans ce cas, est de chercher ce calomniateur et de l'obliger à faire amende honorable.

— Le moyen n'est point praticable et serait dangereux, reprit de Maisnières. J'ai une idée, j'y aviserai. Pour le moment j'ai demandé votre avis sur ce que je devais faire à l'egard de l'homme qui m'a sauvé la vie, qui est aujourd'hui sous les verroux et menacé de la mort.

— Sauvez-le puisque vous le pouvez, et ensuite, pour prix de ce service, exigez qu'il s'éloigne du pays et qu'il ne vienne plus troubler le repos de notre enfant.

— Je suis heureux de vous voir partager mes sentiments à cet égard. Je vais aviser au moyen de tirer, s'il est possible, ce malheureux de la fâcheuse position où il s'est placée : je le dois à ma conscience et à l'humanité.

La dame de Maisnières étant restée seule, fit revenir sa fille près d'elle. Josine avait pleuré; ses yeux gonflés et humides, sa poitrine haletante trahissaient sa douleur; en revenant près de sa mère, elle ne put retenir ses larmes qui coulèrent de nouveau avec abondance.

— Si cette douleur est causée par le reproche affectueux que vous ont fait vos parents, je vous en félicite, ma fille, dit avec une dignité inquiète la dame de Maisnières; mais je ne concevrais point que vous eussiez abaissé vos regards sur un homme peu digne de vous.

Josine ne répondit que par ses sanglots. Sa mère continua.

— Le seigneur de Maisnières va s'interposer pour lui sauver la vie, mais il exigera qu'il parte, car vous êtes noble, ma fille, et il ne conviendrait point

11.

qu'un homme sans naissance osât porter ses vœux jusqu'à vous.

— Ah ! madame, il est impossible qu'il ne fût pas noble !

— Il n'y a point d'équivoque à cet égard. C'est tout simplement un pêcheur qui était occupé dans sa barque lorsqu'il entendit les cris de désespoir de votre père ; il y courut, lui sauva la vie. A cause de ce beau trait, nous lui devons sans doute notre reconnaissance; votre père le sauvera à son tour; ils seront quittes, et vous, mademoiselle, vous serez raisonnable : vous oublierez un moment d'égarement pour ne songer qu'à rendre à vos parents toute l'affection qu'ils vous portent.

Josine soupira, puis elle tendit la main à sa mère. qui lui rendit affectueusement ses caresses en lui promettant de tout faire pour assurer son bonheur.

Le seigneur de Maisnières rentra le soir, peu satisfait de ses démarches. Le parti de la Ligue, qui était devenu tout puissant depuis l'émeute, ne voulait accorder de grâce pour aucun de ceux qui avaient été arrêtés dans les attroupements, et le lendemain on devait, pour l'exemple, en pendre onze sur la place du Pilori. Sa démarche avait même paru suspecte et des murmures avaient éclaté autour de lui lorsqu'il avait porté la parole en faveur de celui qui, quelques jours auparavant, lui avait sauvé la vie.

Le seigneur de Maisnières songeait bien à se faire ouvrir les portes du cachot et à faire évader le prisonnier; mais, dans l'état où se trouvaient les esprits, il ne pouvait le faire sans se compromettre gravement. Aucun moyen ne se présentait à son imagination, et, bien qu'il eût le sincère désir de sauver l'intéressant jeune homme, il ne pouvait que l'abandonner à son malheureux sort. Il revint chez lui le cœur attristé.

La dame de Maisnières, malgré sa fierté à l'égard de Gontran, parut contrariée de l'inutilité des efforts de son mari pour le sauver.

— Dans quel temps vivons nous, s'écria-t-elle, que la recommandation d'un gentilhomme de six quartiers, conseiller honoraire, marguillier, ne soit d'aucun poids pour arracher un malheureux à la potence !

— Il se passe autour de nous des choses terribles, répondit à voix basse le conseiller; la tête d'un homme, même le plus honorable, ne tient à rien; les bûchers s'allument de toutes parts; beaucoup d'innocents périssent qui n'ont commis d'autre crime que de parler de ce qu'on veut taire.

— M. de Roncherolles, notre gouverneur, a donc oublié les services que dans d'autres circonstances vous lui avez rendus ?

— M. de Roncherolles est ici le chef d'un parti puissant qui s'élève et grandit et qui bientôt nous écrasera tous si nous ne courbons la tête. J'ai vu

M. de Roncherolles; c'est lui que j'ai prié d'épar-
gner la vie d'un innocent, d'un malheureux qui a
pu être égaré par de mauvaises fréquentations, mais
qui n'est point coupable. Je lui ai raconté ce qui m'est
arrivé l'autre soir, le secours que j'ai reçu d'un
jeune pêcheur plein de courage et de dévouement;
je lui ai fait connaître aussi un trait glorieux de
ce jeune homme qui, à la tête des gens de Laviers
et des faubourgs, a repoussé un parti d'aventuriers qui tentaient de surprendre la ville. M. de Roncherolles a été de mon avis que ce jeune homme
méritait sa grâce; mais tout le monde ici est sous
le coup de la terreur; un espionnage odieux pèse
sur nous, chacun ne songe qu'à soi pour tâcher de
se tirer sain et sauf de la crise qui menace toutes
les positions, toutes les existences : mes instances
ont été vaines, rien ne sera fait pour sauver ch'
quiot Picard.

La dame de Maisnières était atterrée; elle écoutait
parler son mari avec une sorte d'effroi, tellement il
lui semblait inspiré. Elle n'osait plus lui faire aucune autre question.

— Il me reste un moyen, dit le seigneur de Maisnières; celui de le faire évader. Le geôlier en chef
m'est dévoué, je lui parlerai et nous aviserons.

— Surtout, si vous le sauvez, exigez qu'il parte
du pays; qu'on ne le revoie jamais.

— Soyez tranquille; sa liberté sera à ce prix.

Le conseiller exposa le moyen d'évasion qu'il

comptait employer; ses mesures étaient bien prises; pendant la nuit, le jeune homme quitterait la prison. Tout était convenu; mais en ce moment on annonça Claude Gaillard, conseiller, collègue du seigneur de Maisnières, qui désirait lui parler.

— Mon cher ami, dit-il en entrant, vous vous êtes gravement compromis en demandant la grâce d'un des révoltés arrêtés hier. Je viens confidentiellement vous en avertir, afin que vous vous teniez sur vos gardes.

— Je n'ai fait que remplir mon devoir d'homme et de chrétien, répondit le seigneur de Maisnières. Je ne croyais point qu'il pût me compromettre.

— Il ne faut rien, par le temps où nous sommes, pour faire tourmenter la personnne la moins suspecte; Grégoire de Buissy et le seigneur de Mautort viennent d'être arrêtés; ils avaient eu le tort de s'opposer aux progrès de la Ligue dans cette ville. On parle aussi de l'arrestation de l'avocat Wagnart, parce qu'il aurait déclamé dans la rue contre l'influence du duc d'Aumale. Votre zèle pour arracher un suspect à la prison a fait crier contre vous les suppôts de nos ennemis. Méfiez-vous, si vous tenez à votre liberté et ne dites plus rien en faveur de qui que ce soit.

— Nous devrons donc nous soumettre à cette injuste pression sans réclamer ?

— Réclamer! reprit Claude Gaillard. Comment réclamer contre l'abus de la force, à moins que de se montrer plus forts ? La terreur s'est emparée de nous. Personne n'ose parler à son voisin de droite de crainte que le voisin de gauche n'entende ce qu'il dit. Si on le voulait bien, si on pouvait s'entendre, la situation ne tarderait pas à changer de face. Mais, au nom de la religion, au nom de la concorde et de la paix, c'est le glaive qui commande; il faut courber la tête et obéir.

Claude Gaillard était un de ces citoyens de cœur qui, dans les grandes circonstances civiles, savent se dévouer au bien public; mais il n'avait rencontré que l'indifférence de ceux qu'il voulait servir et, en présence de cette inertie, il avait pris le parti de se résigner. Il serra la main de son collègue, lui conseilla d'être prudent quand l'audace devait être impuissante, et il le quitta.

Aux journées de désordre succédait un calme profond : les rassemblements avaient cessé; on n'entendait plus de chants; le cri de *vive le roi !* n'était même plus proféré. Seulement, le silence de la nuit était interrompu par le passage des patrouilles qui, au nom de la Sainte-Ligue, sillonnaient pesamment les rues en s'éclairant de fallots dont la lumière se réflétait dans les fenêtres des craintifs bourgeois.

Le lendemain, un mouvement extraordinaire se fit remarquer dans les rues. On se portait sur la place du Pilori, comme aujourd'hui on se porte au Champ-de-Foire. Là, onze potences

étaient dressées et des hommes armés de hallebardes circulaient silencieusement aux alentours pour
empêcher les curieux d'en avancer trop près. Mille
propos circulaient dans la foule ; chacun prétendait
savoir les noms des onze victimes qui allaient être
sacrifiées en expiation des désordres des jours pré-
cédents.

— Il y a Jacques Homassel, le tonnelier, disait
l'un.

— J'ai reconnu Daussy, le pêcheur de crevettes,
disait un autre.

— Et ch' quiot Picard, disait-on de tous les côtés. C'est une infâmie de l'avoir condamné.

On ajoutait que le quartier Saint-Jacques s'agi-
tait et qu'il ne serait pas étonnant qu'il y eût une
manifestation pour sauver celui qui y avait tant de
sympathies. Au moindre mouvement qui se produisait vers un des débouchés de la place, on croyait
voir arriver les condamnés et toutes les têtes s'agitaient dans un mouvement de curiosité qui avait le
même objet.

Vers dix heures du matin, on vit passer le commissaire extraordinaire Bromier, se rendant à cheval
à l'échevinage. Sa tête était altière, son geste impérieux; il avait fait proclamer à son de trompe les
pouvoirs dont il était investi, et il avait surtout recommandé qu'on les criât bien haut devant les
autorités qui, la veille, lui avaient marqué leur mépris. Il regardait le peuple avec fierté. Sur son

passage, quelques voix crièrent: *Vive la Ligue !*
mais elles restèrent sans écho, et Bromier, au
milieu de son triomphe, semblait inquiet comme
s'il eût craint d'entendre tout-à-coup le bruit loin-
tain d'une tempête.

Il monta à l'échevinage et n'y trouva que le conseiller Maupin de la Bouvaque, ardent partisan de la
Ligue, qui, deux jours auparavant, le détestait, mais
qui, ayant appris de quelle autorité il était revêtu,
vint à lui et l'embrassa en lui adressant ses félicita-
tions et le glorifiant des succès récents obtenus sur
les royalistes.

— Nous allons, dit-il, faire aujourd'hui un grand
exemple et prouver que le droit et la force sont avec
nous.

— Ce n'est pas tout, dit Bromier, il nous reste
à atteindre de plus fortes têtes, celles qui nous
suscitent les obstacles contre lesquels nous avons à
lutter.

— Je vous devine, répondit Maupin; nous saurons
les atteindre quelle que soit leur position élevée. Vous
souvient-il de mes luttes avec le médecin Oudard
Gomel, qui décriait la glorieuse expiation de la saint
Barthelémy et qui voulait que le huguenot Henri de
Navarre fût roi de France? Je sus en triompher,
et Gomel fut exilé comme perturbateur du repos
public.

— Ce n'était pas assez, dit Bromier, c'est avec la
corde qu'on a raison de ces obstinés; il y en a dix

ici que je veux atteindre et que vous verrez avant peu la danser, comme ceux que nous allons donner aujourd'hui en spectacle à la bonne population d'Abbeville.

— Vous rappelez-vous, reprit encore Maupin, ce fourbisseur qui s'était permis de critiquer mon autorité et que j'ai fait condamner, dans une assemblée de la ville, à être conduit dans un tombereau, la corde au cou, devant le portail de Saint-Wulfran, où il me fit amende honorable ? La punition ne se borna pas là, j'exigeai qu'il fût fouetté publiquement et marqué d'un fer rouge, après quoi on le chassa avec défense de reparaître jamais dans la ville.

— Voilà ce qui s'appelle de la fermeté, vertu nécessaire, à l'époque où nous nous trouvons. Mais ce n'est pas assez, il faut d'autres exemples.

— Patience! je vous réponds qu'avant peu de jours, nous aurons du nouveau.

— Un homme tel que vous est précieux; aussi par Saint-Wulfran notre patron, je vous jure que vous serez mayeur, car Saint-Lau est trop faible et je le soupçonne de pencher traitreusement dans les idées royalistes.

— Sans me vanter, reprit Maupin, c'est une charge qui me revient de droit, et dans laquelle monseigneur d'Aumale reconnaîtra bientôt toute mon aptitude et mon zèle pour la sainte cause.

Les deux ligueurs raisonnèrent ainsi jusqu'à l'ar-

12

rivée des conseillers qui venaient délibérer sur la situation présente. On remarqua néanmoins l'absence de Maismières, de Claude Gaillard et de Louis Garbe; Bromier en tint note, après quoi on attendit l'arrivée du seigneur d'Hucqueville, gouverneur du château, qui devait amener les prisonniers, pour, de là, les conduire au Pilori.

L'attente ne fut pas longue; un bruit de piétinement de chevaux et un certain mouvement qui se produisit à l'entrée de la salle, annoncèrent l'arrivée du cortége. Le seigneur d'Hucqueville entra dans la salle, en criant :

— Trahison, messieurs ! on a fait évader un de nos prisonniers.

— Lequel ? s'écria Bromier, qui devinait déjà la vérité.

D'Hucqueville sembla dédaigner de lui répondre. Bromier s'en apercevant, jugea à propos, avant d'aller plus loin, de faire reconnaître son autorité d'une manière positive; il ordonna au greffier de lire de nouveau les pouvoirs dont il était revêtu par la volonté de monseigneur d'Aumale, gouverneur de Picardie, et il invita alors officiellement d'Hucqueville à lui rendre compte de ce qui avait été fait à l'égard des prisonniers.

D'Hucqueville devint blême de dépit. Ce fut de Roncherolles, gouverneur de la ville, qui, plus adroit, prit la parole :

— Ces prisonniers, dit-il, sont de pauvres diables que la faim a poussés à la révolte; mais il n'y a dans leur action aucune portée politique ni religieuse; nous pensons qu'il suffira de les bannir de la ville à perpétuité.

— Et moi j'ai décidé qu'ils seraient pendus, haut et ferme, reprit Bromier. Où est celui qu'on appelle ch' quiot Picard ?

— Disparu! reprit d'Hucqueville, qui revenait un peu de sa stupéfaction.

— Disparu! Et par quel moyen?

— Impossible de le savoir : il n'a point été retrouvé dans son cachot, ce matin.

A cette révélation Bromier entra dans une furieuse colère.

— C'est impossible! s'écria-t-il, ou bien il y a connivence. Seigneur d'Hucqueville, vous me répondez sur votre tête du prisonnier qui vous a été confié; faites en conséquence vos diligences pour le retrouver. Quant à moi, je me charge de rechercher et de punir ceux qui auront facilité son évasion.

— Il y a des traîtres parmi nous, s'écria Maupin. Hier, un de nos collègues n'a point eu honte de venir implorer notre indulgence pour ce prisonnier. Le seigneur de Maisnières, puisqu'il faut le nommer, a prétendu que, lié par la reconnaissance envers cet homme qui lui a sauvé la vie, il demandait sa grâce, comme si une question personnelle pouvait prévaloir sur les intérêts du royaume et de la religion.

— Je demande, reprit Bromier, que le seigneur

de Maisnières, qui n'est point ici présent, et sans doute pour cause, soit tenu de rendre compte de sa conduite.

— Et Claude Gaillard, et Louis Garbe, dit Maupin.

— Quant à nous, dit Roncherolles, nos sympathies pour la Sainte-Ligue sont depuis longtemps connues; nous nous mettons donc entièrement à son service, et sommes prêts à sévir avec vigueur contre qui ne penserait point comme nous.

— Ceux qui ne pensent point comme nous ont évidemment tort.

— Et par conséquent ils méritent la corde.

— Le seigneur de Maisnières, reprit Bromier, ayant manifesté ses intentions à l'égard du prisonnier qui nous manque, il est juste que nous le soupçonnions d'avoir prêté les mains à son évasion. Seigneur de Roncherolles, faites que sa maison soit gardée à vue. Quant aux dix prisonniers ici présents, qu'ils soient conduits en place de Pilori et pendus sans autre forme de procès.

La proclamation que Bromier venait de faire de ses pouvoirs ne permettait pas qu'on répliquât à sa décision. Les dix prisonniers qui étaient restés dans la cour, sous la garde d'un peloton d'arquebusiers et d'une compagnie de cavalerie, furent conduits sur la place du Pilori. A côté d'eux marchaient des moines cordeliers qui les exhortaient à sauver leur âme par l'aveu de leurs fautes et la dénonciation des hérétiques dont ils pourraient avoir connaissance.

La foule obstruait les rues. Le cortége ne parvint qu'avec de grandes difficultés à se frayer un passage dans la rue des Lingers qui, alors, était extrêmement étroite. Sur la place du Pilori, la foule n'était pas moins grande, et les sergents durent faire, à coups de masse, un passage pour les condamnés qui n'avançaient qu'à petits pas. Tous les yeux cherchaient ch' quiot Picard dont le nom était dans toutes les bouches, mais bien peu de personnes pouvaient apercevoir les patients; cependant ils n'étaient pas encore arrivés au pied de l'échelle, que le bruit se répandit que ch' quiot Picard n'y était pas et qu'il s'était évadé.

Cette nouvelle produisit dans la foule un murmure de satisfaction dont s'inquiétèrent pendant un instant les autorités qui assistaient à ce spectacle. Bromier crut qu'une nouvelle révolte allait éclater ; il ne songeait point sans effroi qu'il serait très-difficile et peut-être même impossible de se tirer de cette foule compacte plus solide qu'un mur épais. Il pressait les apprêts de l'exécution afin d'avoir plus tôt fini et il en suivait tous les détails avec une attention inquiète. Mais bientôt l'attention du public fut attirée vers les potences où les corps des suppliciés s'agitaient dans les derniers mouvements de l'agonie. La foule considérait ce spectacle avec un œil avide, pendant que les archers, pour frayer un passage aux officiers

12.

civils qu'ils précédaient, distribuaient des coups de hallebarde indistinctement sur les hommes et les femmes. C'étaient des cris et un tumulte indescriptibles. Peu à peu cependant la place s'évacua et les bourreaux achevèrent leur office pour conduire les corps des suppliciés au cimetière.

Le jour même le seigneur d'Hucqueville sortit par la porte Marcadé pour se rendre à Laviers, où il espérait saisir la trace de ch' quiot Picard.

CHAPITRE X

Dans lequel notre héros commence à se faire connaître.

Gontran fut déposé dans l'un des cachots du château des Marais. Le geôlier apportait en même temps un morceau de pain grossier et une cruche d'eau.

— Pour boire et pour manger, il me faut au moins l'usage de mes mains, observa Gontran.

Sans répliquer un mot, l'exempt de l'escouade lui délia les poignets qu'il avait attachés derrière le dos; puis on le laissa, en refermant la porte aux verroux et à trois tours de clé.

Lorsque le prisonnier se trouva seul, il s'appliqua à faire une perquisition exacte de son cachot, car sa première idée, en demandant que ses mains fussent déliées, avait été de trouver un moyen d'évasion. Il y voyait à peine clair, le jour ne venant que par une espèce de lucarne élevée à plus d'une toise de hauteur; mais, à l'aide des pieds et des mains, il se convainquit qu'il n'y avait que les quatre murs et une porte solidement verrouillée. Lorsque ses yeux s'habituèrent à l'obscurité et qu'il put distinguer les objets, il remarqua que la lucarne était au sommet d'une espèce de soupirail évasé en forme d'entonnoir. Y grimper n'était pour lui qu'une bagatelle; il voulait regarder par cette ouverture et reconnaître en quel endroit il se trouvait. La lucarne était tellement étroite qu'il pouvait à peine y passer la main, et la muraille avait au moins trois pieds et demi d'épaisseur. Il était impossible qu'il songeât à élargir ce passage; il dut se borner à regarder les endroits qui se trouvaient dans son rayon visuel afin de se reconnaître et de préciser où il se trouvait. Après cinq minutes d'une observation attentive, il reconnut au loin le côteau de la Justice et au bas les maisons de Menchecourt; il était donc dans la partie du château des Marais qui faisait face à la Somme. Il s'agissait maintenant de savoir sur quel point de cette face il se trouvait; en se haussant encore un peu, son regard plongea dans le lit de la Somme qui baignait le pied du château; devant lui, sur l'autre bord, se trouvait une petite grange qu'il avait remarquée vingt fois, car vingt fois il était venu pêcher sur ce point.

— Si je ne me trompe, se dit-il, cette lucarne est dans l'angle formé par le mur et la tourelle de l'Ouest; au dessous de moi, à trois pieds environ, doit se trouver un égoût dont l'orifice se découvre lorsque la marée est basse. S'il m'était possible de creuser

un trou dans le sol, précisément au dessous de la
lucarne, j'arriverais infailliblement dans l'égout;
de là à la liberté il n'y aurait qu'un pas.

Aussitôt ce plan arrêté, il se laissa retomber dans
son cachot et se mit prestement à l'œuvre. On lui
avait laissé son couteau; il lui servit à desceller la
dalle formant l'angle de la prison; une heure après
il la soulevait et la dressait contre le mur. Si personne ne venait avec une lanterne, il serait bientôt
sauvé, car il n'avait plus qu'à déblayer des gravois
et des terres. Il devait être nuit quand il arriva à
une nouvelle maçonnerie, car il n'y voyait plus. Ce
fut avec les plus grandes difficultés qu'il travailla
alors, attendu qu'il ne pouvait reconnaître les joints
des pierres anguleuses et brutes sur lesquelles il
portait ses mains; son couteau s'était brisé et ses
doigts étaient en sang. Toute la nuit il travailla pour
arriver à en ébranler une, mais quelqu'effort qu'il
fit, les angles des unes formant tenons dans les ca-
vités des autres, il ne put la détacher. Il se dé-
solait de ne pouvoir venir à bout d'une entreprise
si heureusement commencée, lorsqu'il sentit de l'hu-
midité sous ses mains; bientôt la cavité s'emplit
d'eau : il devina que la marée fluait dans l'égout et
que son travail avait produit des fissures par lesquelles l'eau de la mer pénétrait; il remonta dans
son cachot qui fut lui-même bientôt envahi. L'eau
montait rapidement par l'ouverture; Gontran fut
persuadé qu'un travail s'était opéré, peut-être

même l'effondrement de la voûte : il ne pouvait en être autrement à en juger par la quantité et la rapidité de l'eau qui montait et qui déblayait les décombres qu'il avait déposés dans la prison. Il lui vint alors à l'idée de rejeter tous ces décombres dans le trou afin, le cas échéant, d'effacer les traces de son travail.

Enfin le reflux s'opéra, l'eau disparut et Gontran vit avec plaisir que la voûte s'était écroulée. Mais les pierres obstruaient le passage, il fallait les déblayer en les poussant vers l'orifice de l'égoût, qui était en pente. Tout à coup, pendant ce travail d'Hercule, il lui vint une panique ; le jour paraissait, il lui sembla qu'on marchait au-dessus de lui ; il pensa que si on le surprenait dans ce travail, il n'aurait ni le temps de remettre les choses en ordre, ni la possibilité de se sauver par l'égoût obstrué ; il rentra à la hâte dans son cachot, remit la dalle sur le trou et fut satisfait en voyant qu'il ne restait pas la moindre trace qui pût trahir le travail auquel il venait de se livrer pendant plus de quatorze heures.

Une heure ne s'était pas écoulée que le geôlier entrait et déposait à terre une nouvelle miche de pain noir avec une cruche d'eau ; il n'ouvrit point la bouche et repartit en fermant les portes à triple tour et poussant les verrous.

Lorsque Gontran n'entendit plus rien, il releva la dalle et se remit à l'œuvre pour pousser les pierres hors de l'égoût ; ce travail lui prit encore plus de six heures, le retour de la marée l'obligea à rentrer : elle devait achever son travail et laver entièrement le conduit; il replaça la dalle qui devait empêcher l'eau d'entrer dans son cachot et prit un peu de repos. Lorsqu'elle fut retirée, et avant que le soir fut venu, il regarda si le passage était bien en état; il en fut satisfait. Il fut tenté de partir à l'instant même, mais il réfléchit qu'il ferait mieux d'attendre la nuit qui lui permettrait de se soustraire aux recherches et de s'emparer d'un canot.

Il était environ minuit lorsqu'il se résolut à partir, il y fut déterminé par un certain bruit qu'il crut entendre au-dessus de sa tête. Il leva la dalle; mais il n'avait point fini, que la clé tourna dans la serrure : un moine, accompagné du geôlier, entra dans la prison.

L'air sombre de ces personnages le glaça d'effroi. Venait-on le chercher pour le conduire à la potence? Tout son travail pénible allait-il être perdu? Il attendit cependant sans mot dire qu'on lui adressât la parole.

— Mon fils, lui dit le moine, vous avez commis un grand péché, la justice des hommes vous condamné à mourir; je viens vous apporter les dernières consolations de la religion.

— Je vous en remercie, dit Gontran, tout pécheur doit désirer la miséricorde divine; mais je n'ai point à me reprocher la faute dont on m'accuse.

— Vous n'avez point de temps à perdre en explications, mon fils; on vient vous chercher : c'est aujourd'hui même que vous paraîtrez devant Dieu.

— Quoi ! sitôt... Je n'ai qu'une grâce à demander. Qu'on me laisse seul pendant une heure, afin que je puisse me recueillir et prier.

— Je prierai avec vous, mon fils, reprit le moine.

Deux soldats étaient restés à la porte du cachot avec le geôlier. Ils tenaient à la main les cordes qui devaient lier de nouveau les mains du condamné.

— Pour dernière grâce, mon père, reprit Gontran, je désire prier seul en présence de Dieu.

— Ma présence vous gênerait donc ?

— Oh non ! mon père; mais les peines de l'enfer m'effraient; j'ai besoin de rentrer immédiatement en moi.

— Mon enfant, voici le crucifix, conservez-le et priez.

Après lui avoir mis le christ entre les mains, le moine partit avec le geôlier et les gardes, qui le prévinrent qu'il se tînt prêt à les suivre le plus tôt possible.

La porte était à peine refermée que la dalle était levée et Gontran entrait dans son trou, et, afin de dépister ses persécuteurs sur son évasion, il replaçait la dalle au-dessus de sa tête. Ayant fait le signe de la croix pour se recommander à Dieu, il se lança alors hardiment dans le gouffre étroit, et lorsqu'il ne sentit plus les parois de l'égoût ni à droite ni à gauche, il nagea l'espace de huit à dix brassées avant de remonter. Lorsqu'il revint au-dessus de l'eau, il était au milieu de la Somme et respirait l'air de la liberté.

Sa première pensée fut à Dieu, la seconde à Josine; il pouvait encore espérer.

La marée ne devait pas tarder à monter. Gontran se hâta de gagner, près de la porte du Hocquet, une gare où il était sûr de trouver des canots; il était temps, au moment où il y arrivait, le premier flot de mer se faisait sentir, et il se fût trouvé entraîné en ville malgré lui. Il se blottit dans le premier canot pour y attendre le reflux. Alors, lorsque le mouvement de retraite des eaux commença, il détacha le canot et se laissa dériver en s'aidant de l'aviron. Il était encore nuit lorsqu'il arriva à Laviers, il descendit à terre et, repoussant le canot au large, il l'abandonna au gré du courant.

Gontran se dirigea en toute hâte vers une petite maisonnette située hors du village, au pied de la falaise; il gratta à la porte d'une façon particulière; cinq minutes après la porte s'ouvrait.

— Je savais bien que je vous reverrais ! s'écria Tête-Dure. Vous vous êtes évadé de prison, n'est-ce pas?... Oui, car vos vêtements sont mouillés.

— Le ciel m'a protégé, mon ami, me voilà sain et sauf; mais, avant toute chose, il faut que je change de vêtements.

Tête-Dure était au comble de la joie de revoir son maître sain et sauf, il ne se lassait point de le

13

regarder et pleurait de joie; tout en jasant il retira des habits d'un bahut de chêne et les donna à Gontran qui en avait grand besoin. Le jour commençait à paraître, sa toilette était achevée.

— Est-ce que vous ne voulez pas vous reposer une heure? lui demanda Tête-Dure.

— Non, non! J'en aurais bien besoin, mais je n'en ai pas le temps. Il faut songer à nous mettre le plus promptement possible à l'abri des recherches : lorsque nous serons en mesure, nous aviserons à autre chose.

— C'est aussi mon avis, dit Tête-Dure. Savez-vous qu'ils sont venus à Toflet ? ils ont fureté partout, mais tout était vide ; dans le cabinet de la tour, où j'étais avec le père François, nous entendions tout ce qu'ils disaient sans qu'ils se doutassent que nous étions là. Ils ont cru y voir de la sorcellerie et, quand ils sont partis, tous tant qu'ils étaient, n'é-taient pas très rassurés. Pour les fortifier dans leur frayeur, au moment de sortir, je me suis glissé derrière eux et leur ai fermé vigoureusement la porte sur les talons. Pendant ce temps le père François montait tranquillement au haut de la tour pour allumer la lanterne... Mais c'est égal, nous ne pouvons rester plus longtemps ici, car ils vont revenir en plus grand nombre; nous avons entendu Bromier dire qu'il ferait démolir le château pièce par pièce.

— Je t'approuve; j'ai d'ailleurs mon projet qu'il

est temps de mettre à exécution. Le père François est-il là haut?

— Oui, il se désole; il craint qu'il vous soit arrivé malheur.

— Et Thérèse?

— Thérèse est partie depuis deux jours : il n'y avait plus de sûreté ici... Nous mêmes nous partirons.

— Allons rassurer François.

Gontran ouvrit alors une trappe qui se trouvait dans un coin de la chambre; Tête-Dure y descendit avec lui : ils se trouvèrent dans une cave où étaient rangés quelques barils et un tas de moëllons. De là tous deux pénétrèrent dans un couloir obscur au bout duquel était une porte de fer dont ils trouvèrent la clé dans un coin; l'ayant ouverte et refermée, ils commencèrent à gravir des marches; au bout d'un quart-d'heure, ils arrivaient dans la grande pièce du château que les gens de Bromier avaient visitée la veille. Tête-Dure frappa à l'une des portes que les soldats n'avaient pu forcer, et elle s'ouvrit.

Le père François se jeta aux genoux de Gontran.

— Mon cher maître, lui dit-il, je vous croyais perdu. Mais Dieu a exaucé mes prières, car depuis deux jours je ne cesse de le supplier de vous bénir et de vous protéger. Ah ! il ne faut plus rester ici : vous voyez, tout est enlevé, il le fallait; Thérèse n'y est plus, elle vieillit, je craignais qu'elle fût arrêtée, questionnée, et qu'involontairement elle ne vous trahit.

— Tête-Dure va faire les préparatifs du départ, dit Gontran, et la nuit prochaine, nous nous mettrons en route. J'ai l'intention de me rendre à l'armée d'Henri-le-Béarnais.

— Avant de prendre cette décision, mon maître, promettez-moi d'entendre ce que j'ai à vous dire.

— Tu as à me parler, mon brave. Quand tu voudras, je suis prêt; à l'instant même.

— Ici, je ne suis pas tranquille, je crains sans cesse de voir arriver nos ennemis qui vous feraient un mauvais parti. Ah! j'ai bien tremblé pour vous.

— Et quand même ils arriveraient devant le château, n'aurions-nous pas le temps de disparaître et de nous éloigner avant qu'ils aient pénétré jusqu'ici? Ne crains donc rien, mon brave François, si nous avons à causer, nous pouvons le faire ici avec toute sécurité.

Gontran avait toujours professé une grande vénération pour le père François. Tout jeune, il l'avait eu pour guide, et presque pour père. Puis, lorsqu'il fut grand, il avait appris de lui qu'il était d'une haute naissance, mais que les circonstances politiques ne lui permettaient pas encore de se faire connaître. Si lui, le père François, venait à mourir, il lui donnerait les moyens de connaître tout ce qui l'intéresserait et de parvenir peut-être un jour à reconquérir son rang et sa fortune. Gontran était donc tout oreilles à ce qué pouvait lui révéler le père François, et comme il le voyait dans de bonnes dispositions communicatives, il se plaça en face de lui, près de la petite table vermoulue qui meublait la chambre secrète, et par son attitude lui fit comprendre qu'il était disposé à l'écouter.

— Mon cher maître, dit François, vous voilà dans un âge où il vous est permis de vous gouverner vous-même; vous êtes brave, vous êtes loyal, vous avez toutes les vertus qui distinguèrent vos ancêtres, mais vous manquez peut-être de prudence. Vos dernières actions à Abbeville, quoique honorables et glorieuses, me font en ce moment, un devoir de tout vous dire, car la vérité ne peut que vous éclairer sur la direction à donner dorénavant à vos actes.

Ici le père François se recueillit un instant. Il regarda Gontran, comme pour étudier l'effet produit par ses paroles, et sûr qu'il lui prêtait toute son attention et qu'il s'adressait à un homme pénétré de l'importance de cette communication, il continua :

— Mon cher maître, vous appartenez à la noble famille des marquis de Sillery, vous en portez le nom. Votre mère était de l'illustre maison des ducs de Lorraine; le duc d'Aumale, aujourd'hui gouverneur de Picardie, est votre oncle quoiqu'il ne soit pas beaucoup plus âgé que vous : vous voyez donc que vous êtes allié aux maisons royales de France

13.

et d'Autriche et qu'il n'y a dans ce pays aucune famille qui puisse vous égaler par la naissance.

A cette révélation, une émotion visible se manifesta sur la figure jusqu'alors impassible de Gontran; ses yeux s'humectèrent, un vif incarnat colora ses joues; puis reprenant presque aussitôt son calme, il engagea le père François à continuer son récit.

—Votre mère, Berthe-Agathe de Lorraine, naquit en 1549 du mariage de son père, Claude II, duc de Lorraine, avec Berthe de Savoie. Elle était l'aînée de la famille; le duc d'Aumale, dont je viens de vous parler, était le dernier; par conséquent, il était plus jeune qu'elle de sept ou huit ans.

Gontran écoutait avec la plus grande attention.

— Votre mère, continua le père François, parut de bonne heure à la cour de Charles IX où sa beauté attira aussitôt l'attention des seigneurs qui y étaient admis. Par sa naissance, elle pouvait prétendre à un parti brillant; plusieurs souverains auraient pu briguer l'honneur de sa main; elle préféra suivre les instincts de son cœur, et, parmi les jeunes seigneurs qui se sentaient heureux d'obtenir d'elle un regard, elle distingua le marquis de Sillery qui réunissait les perfections du corps aux qualités de l'esprit. Doués tous deux d'un cœur aimant, les jeunes gens se devinèrent; le marquis aimait et il était payé de retour. Malheureusement, le marquis de Sillery appartenait à la religion réformée et cette condition était un empêchement insurmontable à la réalisation de son bonheur. Mais l'amour ne connaît point d'obstacles et, après avoir refusé un mariage avec un archiduc d'Autriche, Berthe consentit à unir en secret sa destinée à celle du marquis de Sillery. Un prêtre reçut leurs serments et les deux jeunes époux se sauvèrent en Normandie où le marquis se mit à la tête d'un puissant parti de calvinistes qui tinrent longtemps en échec les troupes de Charles IX envoyées pour les combattre. Vaincu à la fin par le duc de Lorraine lui-même, qui avait juré de brûler vif le ravisseur de sa fille, le marquis et sa femme furent obligés de prendre la fuite, sous un déguisement de paysans; ils se retirèrent chez un fermier nommé Bulot, du village de Nouvion, qui les fit passer pour ses neveu et nièce. Ils prirent le nom de Germain, sous lequel on les connut dans ce pays. Deux serviteurs étaient dans le secret, moi qui avait été le précepteur de votre père, et notre ami Tête Dure, l'un de ses braves sergents, qui n'avait cessé de combattre à ses côtés.

— De tels hommes ne sont plus des serviteurs, ce sont des amis, dit Gontran en tendant la main au père François. Continue, mon brave.

— Des recherches furent faites par les ordres du duc de Lorraine, mais elles n'aboutirent à rien. Vous veniez de naître. Que de fois je vis les yeux de votre père s'humecter de larmes lorsqu'il atta-

chait sur vous son regard affaibli par la douleur !
Bientôt sa santé s'altéra; l'ennui et le chagrin le
minaient sourdement; malgré la tendresse et les
soins de sa femme, il dépérissait à vue d'œil. Ce
fut alors que la généreuse Berthe conçut le projet
d'aller invoquer le pardon pour elle et pour son
époux; elle se rendit à Paris où je l'accompagnai; elle
se jeta aux genoux de son père et plaida si bien sa
cause, qu'il lui ouvrit ses bras. La faute était par-
donnée, le duc de Lorraine désirait voir son gendre,
lui rendre son rang et lui obtenir les faveurs de la
cour. Votre mère allait partir lorsqu'elle rencontra
son jeune frère, le duc d'Aumale, alors âgé de
quinze ans, qui venait d'apprendre de son père ce
qui s'était passé; il était dans une fureur indicible;
à la vue de sa sœur, sa colère redoubla; accusant
de faiblesse son père, maudissant la faute de sa
sœur, il tira son épée et la plongea dans le sein de
la malheureuse femme.

— Horreur ! s'écria Gontran, en se redressant
vivement. Pauvre mère, ajouta-t-il en joignant les
mains, je te vengerai !

— Le duc, épouvanté de ce forfait, reprit le père
François, chassa son fils de sa présence; un médecin fut appelé, mais c'était inutile, votre malheureuse mère mourut en demandant pardon pour son
meurtrier et invoquant la bienveillance de son père
pour vous, mon brave maître, et pour l'auteur de
vos jours.

Gontran pleurait. Lorsqu'il eut donné cours à ses larmes, il reprit :

— Et que devint le marquis de Sillery ?

— Je revins près de lui, seul, sans sa femme. Que lui dire ? Je ne pouvais lui avouer le forfait dont elle avait été victime; mais il devina l'affreuse vérité que, par la suite, je ne pus lui cacher. Ah! s'il avait eu la vigueur de sa jeunesse, il eût bravé les périls et la mort pour venger celle qu'il aimait encore et qu'il pleurait. Brisé par la douleur, tué par les maux qui l'accablaient, il ne tenait à la vie que pour vous; mais la douleur physique eut le dessus : « Je vais mourir, me dit-il un jour, François promets-moi de cacher mon fils, de ne point le laisser tomber entre leurs mains. Conduis-le au château de Toflet : la bonne Thérèse nous est dévouée, elle est discrète, toi et Tête-Dure vous l'éleverez dans les sentiments religieux. Un jour, tu lui diras qui il est, mais lorsqu'il sera homme et en état de comprendre les malheurs de sa famille. » Il mourut; je lui tins parole. Aujourd'hui vous savez tout, mon cher maître; il était temps que je vous fasse connaître ce secret, car je sais que vous avez hérité des vertus de votre père et que vous porterez dignement son noble nom.

Gontran resta longtemps absorbé dans ses réflexions. Toute une vie nouvelle s'ouvrait devant lui, vie de résignation et de devoir; il portait un grand nom, il devait pouvoir en supporter le fardeau et mériter la bénédiction, dans le ciel, des parents qu'il avait perdus. Il était encore dans cette méditation profonde, lorsque le père François vint l'en arracher brusquement.

— Vite, mon maître, partons !

— Qu'y a-t-il donc ?

— Il y a... Vous ne les entendez donc pas... les soldats, ils entourent ces ruines; je suppose que leur intention est de faire sauter le château, car ils sont accompagnés de voitures portant des barils de poudre : nous ne saurions y rester plus longtemps sans danger.

— Partons, dit avec calme Gontran en se levant.

Ils descendirent l'escalier par lequel il était monté quelques heures auparavant avec Tête-Dure et rejoignirent celui-ci dans la maisonnette du bord de l'eau. C'était une espèce de petite ferme munie de bestiaux, d'instruments aratoires et de tout ce qui est nécessaire à la culture.

— Il nous faut deux chevaux, dit Gontran. Toi, Tête-Dure, tu vas rester ici.

Cette injonction ne parut pas être du goût du vieux serviteur; mais Goutran ajouta :

— Il est important que tu restes. Si d'ici à quelques jours, il se passait à Abbeville quelque chose qui nécessitât ma présence, tu sais où François me conduit; tu ne négligerais point de venir m'en avertir. J'ai besoin d'aller prier sur la tombe de mon père... afin qu'il m'inspire, ajouta-t-il plus bas, sur ce que je dois faire pour être digne de lui et venger noblement ma mère.

— Il était temps de redescendre, dit Tête-Dure; ils ont porté de la poudre là haut, sans doute pour faire sauter le château. Partez donc, le soir vient, la lune vous éclairera.

François avait tout préparé sur les chevaux. Gontran fut bientôt en selle, et suivi de son vieux compagnon, il partit en disant adieu aux ruines qui avaient abrité sa jeunesse. Il n'était pas encore à Grand-Port qu'une vive lueur illumina tout-à-coup l'horizon. Tous deux se retournèrent : la vieille tour de Toflet leur apparut comme dans un foyer incandescent; puis tout-à-coup une violente détonation se fit entendre en même temps que la tour sembla s'abimer dans les flammes. Une seconde après, tout était éteint, et la lune dont l'éclat avait pâli, continua à projeter sa mate lueur sur le côteau que les deux voyageurs gravissaient pour gagner à travers le bois, le village de Sailly-le-Sec et ensuite celui de Nouvion.

Aujourd'hui l'emplacement du château de Toflet est indiqué, au-dessous de la ferme de ce nom, par le bouleversement du terrain; les fossés sont encore tracés, il y croit quelques arbres, mais tous vestiges de maçonnerie ont disparu.

CHAPITRE XI

Dans lequel on voit que dans ce monde les plus justes ne sont pas les plus favorisés.

Au milieu du triomphe de la cause qu'il avait embrassée, Bromier n'oubliait point qu'il avait eu, avant tout, en vue d'arriver à une fortune élevée. Ce n'était point par conviction qu'il s'était fait ligueur, mais parce qu'il avait à sortir d'une condition trop obscure pour son ambition. Le seigneur de Maisnières, qui avait pu refuser sa fille au lieutenant criminel Bromier, ne la refuserait sans doute point à l'homme que la confiance du duc d'Aumale mettait sur la voie des dignités et des richesses. Les circonstances révolutionnaires au milieu desquelles on se trouvait, venaient d'ailleurs parfaitement à son aide en plaçant le seigneur de Maisnières en sa puissance; sa liberté, sa vie même allaient dépendre de lui; au lieu d'avoir à le prier humblement de

l'accepter pour gendre, il allait pouvoir lui dicter
ses conditions. Le succès n'était-il pas certain?

Ce fut donc avec une entière confiance que le
commissaire extraordinaire se rendit chez le seigneur de Maisnières, qui était consigné chez lui sous
la responsabilité de Roncherolles. Le conseiller se
trouvait dans sa salle à manger, avec sa femme et
sa fille, lorsqu'on lui annonça la visite de l'ancien
assesseur.

— Laissez-moi, dit-il, aux deux dames, car je
présume que la conversation sera animée. Cet
homme est d'ailleurs à redouter, je craindrais de
vous compromettre en le plaçant en votre présence.

Les deux dames sortirent, et, peu après, Bromier
fut introduit.

— Je viens, dit-il en faisant une profonde saluta-
tion, guidé par mon affection et mon estime pour
vous et votre famille, vous arracher aux dangers qui
vous menacent.

— Je ne sais, répondit le seigneur de Maisnières,
de quels dangers vous voulez me parler. Je cherche
en vain la cause de la rigueur dont je suis en ce
moment l'objet, et ne vois rien qui la justifie.

— Quant à moi, reprit Bromier en posant la main
sur son cœur et s'inclinant, je ne doute nullement
que vous soyez innocent du fait dont on vous accuse, et si je viens vous voir, malgré l'état de sus-
picion dans lequel vous vous trouvez, c'est pour en
avoir l'assurance de votre bouche, afin que je puisse

14

faire lever des doutes qui pèsent à vos vrais amis.

— J'écoute ce que vous avez à me dire, dit Maisnières en s'entassant dans son fauteuil rehaussé de
sculptures et garni de tapisserie de Tours.

— Vous savez que le venin de l'hérésie coule dans
les veines du peuple, que ce monstre grandit et menace de nous dévorer. Pour lui résister, le combattre et en triompher, l'union de tous les bons ca-
tholiques était nécessaire.

— Je sais, je sais, dit Maisnières, passez, allez au
fait.

— Le fait; j'y arrive nécessairement. La population d'Abbeville était corrompue; des instigateurs
soudoyés par les ennemis de la religion se montraient partout. Bientôt les églises allaient être fermées pour y substituer le prêche, œuvre de Satan.
Il fallait qu'à Abbeville une main ferme s'emparât
du pouvoir.

— Et c'est vous qui êtes cette main.

— C'est moi que Dieu a choisi pour faire triompher la sainte cause; une ligue s'établit dans Abbeville; tous les fidèles s'empressent de venir y donner
leur adhésion; la vôtre nous manque encore.

— C'est là, sans doute la cause de la prévention
qui pèse sur moi?

— Oh ! ce n'est pas tout. Une révolte a eu lieu
hier; vous en avez eu connaissance comme nous.
Les perturbateurs ont été saisis, incarcérés; dans
leur juste indignation, les fidèles n'ont eu qu'une

voix pour dire qu'ils avaient mérité la corde. Et pourtant, seigneur, on vous a vu implorer la grâce d'un des coupables, solliciter sa mise en liberté...

— C'est donc un crime? demanda vivement Maisnières.

— Et ce matin, au moment de conduire ce coupable au supplice, on a trouvé son cachot vide.

— Il s'est sauvé, reprit aussitôt le conseiller en se redressant sur son siège. Dieu soit loué !

— Il est donc vrai, demanda Bromier, que vous ayez facilité son évasion?

— Je ne l'ai point fait, parce que je n'en ai point trouvé le moyen; mais c'était mon devoir.

— Dès que vous parlez ainsi, il ne me sera pas facile de vous sauver.

— De me sauver ! de quoi donc ?

— Si vous n'êtes point à l'heure qu'il est dans les cachots du château, au lieu et place de ch' quiot Picard, fils du démon, hérétique, impie, brigand qui conduit des bandes d'assassins dans la ville, je vous le dis en toute sincérité, c'est à moi que vous le devez.

— Je crois au contraire, maître Bromier, que vous cherchez à m'effrayer pour arriver à réaliser des intentions que je connais.

— Mes intentions, puisque vous en venez vous-même à cette question; mes intentions étaient pures et les évènements ont dû montrer qu'elles ne pouvaient que vous honorer. Je ne suis plus aujourd'hui l'assesseur criminel Bromier, je suis le commissaire extraordinaire du Ponthieu, honoré de la confiance des princes qui tiennent entre leurs mains les destinées du royaume de France et de la religion catholique. En devenant votre gendre, j'honorais votre maison, je devenais votre sauvegarde pour vous et les vôtres; au lieu de la destitution que vous avez encourue, vous deveniez, sous ma recommandation, mayeur de la ville d'Abbeville.

— Je n'ai que faire des honneurs dus à une pareille origine, s'écria avec indignation le seigneur de Maisnières. Vos propositions sont outrageantes, je les repousse. Croyez-vous, maître Bromier, que je n'ai point vu clair dans votre conduite tortueuse; je suis dévoué catholique plus que vous. Si aujourd'hui vous vous faites le séïde de la Ligue à Abbeville, c'est parce que vous y voyez vos intérêts et non point parce que vous voulez servir votre religion. Allez porter à d'autres les offres que vous me faites. Si je suis accusé je saurai me défendre; ce n'est point vous que je veux avoir pour juge.

— Insensé, s'écria-t-il, je veux bien fermer l'oreille à ces insultes et te faire une dernière proposition. Veux-tu accorder ta fille au commissaire extraordinaire de la Ligue à Abbeville, au futur gouverneur du Ponthieu et peut-être mieux que cela encore? Réponds par oui ou par non.

— Je ne disposerai point de ma fille pour un homme qui n'a point mon estime et qu'elle ne saurait aimer.

Bromier était rouge de fureur, il s'était levé de son siége, et il apostrophait le seigneur de Maisnières en lui montrant le poing.

— Eh bien! j'aurai ta fille malgré toi, dès aujourd'hui tu vás aller en prison, et, dans peu de jours, tu sauras quel est le sort des traitres au pays et des hérétiques.

Maisnières était déchaîné, il se jeta sur son épée appendue à un des murs de la salle, et la dégaînant, il cria :

— Défends-toi, traître, car je ne t'épargnerai pas.

Mais Bromier avait gagné la porte, et la tenant entrebâillée, il dit avant de la refermer :

— A bientôt! j'espère que vous serez plus calme.

Maisnières voulut le poursuivre, mais l'autre avait donné un tour de clef et il descendait rapidement, se considérant très-heureux d'avoir échappé au danger qu'il venait de courir. Etant dans la rue, il donna l'ordre à un officier de police de s'emparer de la personne de Maisnières pour le conduire dans les prisons de la ville.

Maisnières resté seul donna un libre cours à sa colère. Sa femme et sa fille accoururent et ne le calmèrent qu'à grande peine; il tomba alors dans un état de prostration tel qu'il ne put répondre aux questions qui lui étaient adressées. Il était encore dans cette situation lorsqu'on vint le saisir pour le conduire à la prison, malgré les pleurs de sa fille et les invocations de sa femme.

14.

Le conseiller avait à peine quitté la maison, sous l'escorte qui l'emmenait, que Bromier revint et demanda à parler à la dame de Maisnières.

— Je viens, madame, lui dit-il, vous prévenir que le conseiller, par sa faute, est en grand danger, et que je ne réponds point de sa liberté et de sa vie, s'il ne rétracte les erreurs dans lesquelles il est tombé.

— Eh! par la sainte Vierge, de quoi donc a-t-il pu se rendre coupable ?

— De tout, madame : d'hérésie !...

— D'hérésie ! lui qui va régulièrement à la messe, qui fait ses Pâques, qui communie six fois l'an, et qui ne passerait jamais devant un ex-voto sans se signer dévotement.

— Ce n'est pas tout, il a fait pacte avec les ennemis de l'Etat.

— Ah! seigneur, on a calomnié le seigneur de Maisnières qui est bien l'homme le plus dévoué qu'il soit possible de voir, à tout ce qui concerne le bonheur de son pays.

— Vous n'ignorez point qu'il s'est fait le protecteur d'un homme sans nom, d'un vagabond, en un mot, de l'assassin de M. de Calonne.

— C'est vrai.

— Qu'il l'a fait évader de prison.

— Je l'ignorais absolument.

— Ah! mais personne n'en a douté. Je ne vous cacherai point, madame, que dans de pareilles cir-

cónstances, il me sera difficile de le sauver ; les
ordres reçus pour agir contre lui sont précis, il
pourra être pendu comme traître à ce qu'il doit au
roi et brûlé comme pactisant avec les hérétiques.

— Vous me faites frémir : n'est-il donc pas de
moyen de prouver son innocence, car il est innocent : j'en répondrais sur ma propre vie.

— Certainement il y a des moyens, et je me
chargerais volontiers moi-même de le défendre;
j'en ai fait la proposition ; mais il est intraitable.

— Ah ! seigneur, sauvez le conseiller, sauvez
mon mari : je vous jure qu'il est innocent de tout
ce dont on l'accuse.

— Le seigneur de Maisnières a un grand défaut,
celui d'une obstination excessive ; si j'indique un
moyen de le sauver, il le repoussera.., il me l'a dit,
il préférerait la mort.

— Oh ! c'est très-vrai que c'est un homme de
caractère... mais il y a des circonstances où il faut
savoir entrer en composition. Dites-moi ce qu'il faut
faire, et sans doute je parviendrai à vaincre les
difficultés.

— Madame, j'ai proposé au seigneur de Maisnières un parti qui conciliait tout, en lui assurant
le bonheur et la tranquillité ; je vais avoir l'honneur
de vous l'exposer et vous déciderez s'il doit ou non
être accueilli.

La dame de Maisnières se ressouvint alors que
l'assesseur Bromier avait demandé sa fille en ma-

riage et qu'il avait été éconduit ; elle devina tout et elle jugea de la prudence de se tenir sur la réserve.

— J'aime la demoiselle de Maisnières ; mon ambition et mon bonheur étaient d'obtenir sa main ; à cet aveu, j'ai été refusé...

En parlant ainsi, Bromier examinait avec attention les impressions qui se reflétaient sur la physionomie de son interlocutrice et, s'enhardissant dans ses aveux, il continua avec une grande volubilité :

— On pouvait alors refuser au modeste assesseur criminel. Aujourd'hui peut-on repousser un homme honoré de la confiance des princes qui tiennent en main les destinées de l'Etat ? En demandant la main de la demoiselle de Maisnières, je puis presque lui dire : Vous serez femme du gouverneur du Ponthieu ; vous partagerez sa gloire et les honneurs qui lui seront légitimement dus.

La dame de Maisnières ne répondait point ; elle était plongée dans ses réflexions : elle comprenait que le sort de son mari, la destinée de sa fille et la sienne peut-être allaient dépendre entièrement de cet homme. Le refuser, c'était tout braver ; c'était s'exposer à tout perdre. Elle réfléchissait donc si cet homme était digne de devenir son gendre. M. de Calonne n'était plus ; c'était le gendre qu'elle eût préféré : aujourd'hui elle avait une nouvelle étude à faire ; celle du parti qui se présentait et qui, dans les circonstances où on se trouvait, pouvait arracher sa maison à un grand péril.

— Voilà, continua Bromier, la proposition que j'ai l'honneur de vous renouveler, à vous, madame, qui êtes l'âme de cette maison et qui portez à la demoiselle de Maisnières une tendresse intelligente.

— Il me serait difficile, reprit la dame de vous donner une réponse positive en l'absence du seigneur de Maisnières. Mais votre proposition nous honore trop pour qu'elle soit repoussée. J'espère que, grâce à votre recommandation, mon époux nous sera rendu, et alors nous causerons et nous vous donnerons sans doute une réponse satisfaisante.

— Le seigneur de Maisnières est trop mal disposé à mon égard, dit Bromier, pour que sa présence puisse me faire espérer une solution favorable à mes vœux. Prenez sur vous, madame, de décider ce mariage ; cette mesure seule pourra sauver le seigneur de Maisnières du malheur qui le menace.

— Je vous promets de m'entendre avec lui de manière à ce qu'il ne puisse rien changer à la résolution que je prends dès à présent de vous avoir pour gendre. Sauvez donc le seigneur de Maisnières.

— Je vais y songer, madame, dit Bromier en s'éloignant.

Il était à peine sorti, que la dame de Maisnières se rendit à la chambre de sa fille qu'elle trouva dans les larmes et qui se jeta dans ses bras.

— Je sais tout, ma mère, lui dit-elle ; mon père est arrêté. Qu'est-il donc arrivé et que faut-il faire pour qu'il nous soit rendu ?

— Cela dépendra de toi, mon enfant. Si la pro-position que j'ai à te faire ne te convient pas, réflé-chis, et songes que si tu refuses, il y va peut-être de la vie de ton père.

— Ah! si cela dépend de moi, ne doutez pas de ma volonté. Je suis prête à tout pour le sauver du danger qui le menace.

— Le commissaire général de la sainte Ligue, Bromier, me quitte à l'instant; il t'avait autrefois demandée en mariage au seigneur de Maisnières qui avait repoussé sa demande. Il n'y a plus à hési-ter maintenant, puisque la liberté de ton père est à cette condition.

— Faites de moi ce que vous voudrez, ma mère, dit Jesine en fondant en larmes.

— Par son mariage avec toi, mon enfant, ton époux héritera un jour du titre de seigneur de Mais-nières. C'est un homme de grande intelligence qui peut occuper, d'ici à peu de temps, une belle posi-tion. Peut-être pourrais-tu trouver un plus beau nom; mais il s'agit ici de rendre la liberté à ton père et de nous donner, dans les circonstances dif-ficiles que nous traversons, un protecteur assuré contre les dangers qui pourraient nous mena-cer.

— Je vous ai dit, ma mère, que j'étais décidée; mais sachez cependant que c'est un sacrifice : ja-mais je n'aimerai cet homme; mon cœur était don-né à un autre.

— Oui, dit la dame de Maisnières à qui cette réponse réveilla toute la colère, à un vagabond, à un homme de rien, ramassé dans les rues, un homme sans nom, sans principes, sans morale.

— Oh! ma mère, ce n'est pas possible.

— C'est exact, mademoiselle! n'a-t-il pas assassiné M. de Calonne, un noble jeune homme que je vous destinais pour époux?

— On vous a dit que c'était un duel. M. de Fouilloy a assuré que tout s'était dignement passé.

— Enfin, vous consentez à épouser le commissaire général?

— Je vous ai donné ma parole. Que mon père soit libre et vous disposerez de moi comme vous le jugerez nécessaire.

La dame de Maisnières se rendit immédiatement à la prison de la ville où son mari était détenu; mais, quelque effort qu'elle fit pour le décider à accepter Bromier pour gendre, il refusa d'y donner son consentement.

— Ma fille ne doit point être sacrifiée, dit-il, je saurai faire ressortir mon innocence, car j'en appelle au duc d'Aumale qui n'ignore point que je suis autant dévoué à la religion qu'à mon roi. Je refuse donc : la liberté au prix du malheur de ma fille serait trop cher.

Bromier connut bientôt cette décision, et sa colère n'eut plus de borne. Il avait fait nommer un autre conseil municipal; Maisnières n'était plus rien, il crut pouvoir le traiter en conséquence. Assuré que, de son vivant, il n'épouserait point sa fille, il se persuada qu'il aurait plus facilement satisfaction de la veuve; usant des pouvoirs que lui avait conférés le gouverneur de Picardie, il fit produire des preuves que Maisnières était affilié avec les huguenots et qu'il voulait livrer la place d'Abbeville aux Espagnols et il le fit condamner au bannissement à perpétuité comme perturbateur du repos public, sa maison devant être démolie et ses biens à Abbeville confisqués.

Bromier fit demander à la dame de Maisnières si elle tenait à sa promesse de lui donner sa fille en mariage. Il se doutait bien que d'après sa manière d'agir, elle le repousserait; aussi ne fut-il point étonné de recevoir un refus complet; « en l'absence de son mari, la dame de Maisnières ne prendrait aucune décision sur le sort de sa fille. » Aussitôt cette réponse parvenue, Bromier fit exécuter la sentence; les ouvriers se présentèrent à l'hôtel de la rue des Jacobins pour commencer la démolition. La dame de Maisnières, éplorée, crut pouvoir s'éloigner librement avec sa fille; mais on les en empêcha et elles furent enfermées dans une maison qui, alors, formait l'angle de la rue des Minimes avec la chaussée du Bois.

Le seigneur de Maisnières ayant été extrait de sa prison, on lui lut la sentence; il fut alors dépouillé de ses habits, revêtu d'un cilice et conduit pieds nus

devant le portrait de Saint-Wulfran où il fit amende
honorable, ayant la corde au cou et tenant à la main
un cierge du poids de six livres, après quoi on le
conduisit par la porte au sel sur la place du Pilori
pour y être exposé en public. Pendant cette marche,
il était escorté par vingt-quatre capucins qui réci-
taient les offices mortuaires pendant qu'auprès de
lui un prêtre lui faisait embrasser le crucifix en
l'engageant à se repentir de ses erreurs.

Josine était à une fenêtre grillée de la maison où
elle était enfermée avec sa mère, lorsque le funèbre
cortége passa dans la rue. A la vue de cet appareil
lugubre, elle crut qu'on allait pendre son père; elle
poussa un cri déchirant et tomba dans les bras de
sa mère qui, elle-même, était dans un profond ac-
cablement.

Bromier avait levé la tête vers la fenêtre, il avait
entendu le cri de la malheureuse fille et il en avait
ressenti la joie d'une vengeance satisfaisante; mais
l'attitude de la population d'Abbeville lui montrait
suffisamment que cette action lui aliénait les esprits,
et dès le lendemain matin, il partit afin de justifier sa
conduite auprès du duc d'Aumale.

CHAPITRE XII

Où l'on voit qu'on peut avoir besoin de plus petit que soi.

Gontran, accompagné du père François, était arrivé vers minuit sur la lisière du bois qui séparait Sailly-le-Sec de Nouvion. Le temps était calme et nul autre bruit que celui de la chouette, ne troublait le silence que gardaient les deux voyageurs. François guidait son maître qui restait plongé dans ses réflexions; mais on aurait pu voir qu'il était en pays de connaissance et qu'il se dirigeait sur des indices que lui seul pouvait saisir au milieu de l'obscurité.

Ils marchaient silencieusement depuis plus d'une heure, lorsque le père François, arrêtant brusquement sa monture, dit :

— C'est ici !

Gontran regarda autour de lui, et ne vit rien autre chose que la lisière du bois avec ses hautes

futaies, et sur sa gauche l'horizon brumeux et loin-
tain de la mer. François, qui était descendu de
cheval, écarta des branches dans une partie des
plus épaisses du taillis, et tout-à-coup, ils se trouvèrent dans une petite clairière où s'élevait une
espèce de ferme, tellement dissimulée parmi les
arbres et les branches, qu'il était presque impossible de supposer son existence en ce lieu.

Un chien se mit à aboyer, mais à une parole de
François, il vint ramper dans ses jambes avec des
transports de joie. La porte s'ouvrit alors et une
vieille femme, s'éclairant d'une lampe, vint au-devant des voyageurs : c'était Thérèse qui, déjà depuis
quelques jours, avait quitté le château de Toflet.

—C'est vous, mon bon maître, dit-elle. Ah ! com-
bien j'ai tremblé qu'il vous arrivât quelque chose !
Je n'étais plus tranquille depuis que vous alliez tous
les jours à Abbeville et que les soldats étaient venus
visiter les ruines.

— Oui, les ruines, répéta François sur un ton
lugubre; c'est, plus que jamais, le cas de les nommer ainsi : le diable les a emportées et la tour avec.

— Jésus mon Dieu! c'était donc bien vrai, dit-
elle, qu'il y avait à craindre d'y rester?..... Ah !
mon bon maître, vous ne nous quitterez plus, n'est-
ce pas ? Mais non, ce n'est pas ici l'habitation qui
vous convient.

—. Ma bonne Thérèse, je viens vous embrasser,
prier sur la tombe de mon père, et m'en rapporter

ensuite à la volonté de Dieu pour savoir ce que j'aurai à faire.

Thérèse était émue, elle pleurait en regardant son maître avec une tendresse respectueuse.

— Vous avez besoin de manger, dit-elle, j'ai préparé un plat de venaison qui vous attend et dont vous me donnerez des nouvelles. Je n'ai point oublié que vous l'aimiez beaucoup à Toflet.

— Tout-à-l'heure, ma bonne Thérèse. Je veux, avant tout, savoir où est mon père; je suis trop près de lui pour prendre du repos avant de m'être incliné sur sa tombe. Conduisez-moi, je vous prie.

Thérèse, sans mot dire, se dirigea vers un bout du jardin qui attenait à la maison.

— Venez, dit François à Gontran, c'est à deux pas.

En effet, à l'extrêmité du jardin, un petit carré entouré d'une haie vive avait été ménagé à l'abri de la forêt. Un saule pleureur, une croix de bois indiquaient que c'était la dernière demeure d'un chrétien. Gontran s'agenouilla sur la terre humide, ses deux serviteurs se placèrent à ses côtés et tous trois prièrent. Gontran demandait à son père la sagesse et priait Dieu de bénir les entreprises qu'il méditait.

Après l'accomplissement de ce devoir de la piété filiale, Gontran rentra dans la chaumière; la pièce d'entrée consistait en une grande chambre blanchie à la chaux; un vaste foyer s'étendait sur tout un côté; on y voyait une crémaillère en fer, de gros chenets, une pelle, un tube creux pour tisonner et qui servait aussi à souffler le feu.

Pour ameublement, il y avait une table de bois grossièrement équarri, des bancs, trois escabeaux, un dressoir en bois blanc garni de quelques écuelles et de poteries communes; une cruche à l'eau était près de la porte à côté d'un balai, d'une fourche et d'une pelle de bois.

Dans la cour était une charette avec des harnais pour plusieurs chevaux; une charrue, une herse et d'autres instruments de culture.

Gontran avait à peine remarqué ces petits détails; il ressemblait à un homme qui aurait fait un long rêve. Sur l'invitation de Thérèse, qui lui montrait le plat tant prisé qu'elle avait préparé exprès pour lui, il se mit à table et mangea avec un bon appétit, et comme il avait grand besoin de repos, il se jeta sur un lit disposé pour lui et dormit d'un profond sommeil. Lorsqu'il se réveilla, il faisait grand jour, et un rayon de soleil, pénétrant par l'étroite lucarne de son cabinet, vint dorer sur une petite table, près de son lit, quelques livres qui y étaient empilés; il allongea le bras; un de ces volumes était la *Psychopannichia* de Calvin, un autre, *la Clémence*, de Sénèque; après les avoir parcourus indifféremment, il avisa un autre bouquin sur lequel était écrit : *A mon Fils*. C'était l'écriture de son père; il baisa avec tendresse cet écrit, qui lui était adressé

au-delà de la tombe, et en lut avec avidité les premières pages.

« Quand tu liras ces lignes, ô mon fils, je ne serai
plus; la froide tombe sera ma couche dernière; mes
os ne seront que poussière.

» En te laissant seul sur la terre, sans expérience,
sans appui, entouré d'ennemis, je tremble sur ta
destinée, et je te dédies ces lignes, afin que les
lisant, lorsque tu auras l'âge de raison, elles soient
pour toi les conseils d'un père, si tu dois passer
comme lui par les rudes épreuves du malheur.

» Possesseur d'un grand nom, héritier des nobles
marquis de Sillery, une grande fortune t'appartient.
Par les alliances de ta famille, tu touche aux principaux trônes de l'Europe. Ce livre contient les titres qui établiront tes droits si l'occasion s'offre à
toi de les faire valoir. Alors, tu seras dans l'âge
où la réflexion et la raison te viendront en aide
pour te guider dans la voie pénible que tu auras
sans doute à traverser.

» En quittant ce monde, je te laisse deux braves
serviteurs, à qui Dieu prêtera sans doute assez de
jours pour qu'ils puissent te donner l'instruction
que j'eusse désiré te voir tenir de ton père; François
est un savant lettré dont les connaissances sont pro-
fondes et qui t'initiera aux études des collèges, qui
te seront peut-être nécessaires pour figurer un jour
dignement dans le monde; mon écuyer, surnommé
Tête-Dure, qui n'a point voulu m'abandonner dans

le malheur, t'apprendra les exercices du corps in-
dispensables à tout gentilhomme bien élevé. Grâce
à ces deux soutiens, j'espère que lorsque tu liras
ces lignes, tu seras en état de les comprendre.

» Prête-moi donc toute ton attention, et que les
malheurs de ton père et de ta mère te soient une
utile leçon. »

Le marquis de Sillery racontait ensuite minutieu-
sement, en plus de quarante pages, l'histoire dont
le père François nous a donné sommairement les
détails plus loin. Le manuscrit se terminait par ces
simples conseils :

« N'oublie jamais, mon fils, la mort cruelle de ta
mère, les longues souffrances de ton père.

» Cependant ne te laisse point aller à des cruautés
inutiles. Que ta vengeance soit noble et digne! qu'elle
ne souille point la pureté de ton nom.

» Tu vois, d'après ces conseils, que je crois m'a-
dresser à un sage et non à un homme vulgaire. Que
ce qui serait une énigme pour les uns soit pour toi
un jet de lumière. Soutiens l'éclat de ton nom, et
si tu te venge, que ce soit pour faire mourir de re-
grets et de douleur ceux qui ont empoisonné la vie
des auteurs de tes jours. »

La lecture de ces lignes traçait à Gontran la conduite qu'il devait tenir; il avait d'abord eu l'intention de se rendre à l'armée de Henri de Navarre, il
jugeait maintenant qu'il valait mieux chercher à rencontrer le duc d'Aumale, le meurtrier de sa mère,

et lui demander raison de ce forfait; mais l'épée à la main, car le tuer en assassin, eût été une vengeance trop facile. « Que ta vengeance soit noble et digne! » Ces mots étaient gravés dans son cerveau, et plus il se les rappelait, plus il entrevoyait que sa tâche serait difficile; mais il n'y voulait point faillir; il retourna à la tombe de son père, le remercia de ses bons conseils, promit d'y être soumis, de modérer son impétuosité, d'être maître de lui-même, et de mériter là haut la bénédiction des auteurs de ses jours.

Lorsqu'il se releva, quelqu'un était derrière lui : c'était le père François qui pleurait d'attendrissement.

— Ah ! mon bon maître, dit-il. Oui, vous serez digne de votre père. Vous avez vu le livre. J'avais eu soin hier de le tirer du coffre où il était enfermé depuis vingt ans pour qu'il frappât vos regards. Quel bon père vous aviez ! mais aussi, je puis dire : quel digne fils !

Gontran resta quelques jours à la chaumière pour laisser le temps à François et à Thérèse de préparer tout ce qui était nécessaire à son équipement et à son départ; il examina aussi avec attention les titres que lui laissait son père, ainsi que d'autres instructions qu'il trouva parmi ces papiers.

Tout étant prêt, Gontran se préparait à se rendre à Montreuil chez le sieur Monnier, tabellion, dépositaire des titres de sa famille, lorsque Tête-Dure arriva.

— Eh bien ! lui dit Gontran, qu'y a-t-il de nouveau, mon brave ami ?

— Abbeville est dans la désolation; Bromier et Maupin tiennent les habitants sous un régime de terreur; la Ligue va y être proclamée, car Bromier a destitué le mayeur et les conseillers qui tenaient pour le roi. Le seigneur de Maisnières est en prison à l'échevinage, on assure que Bromier veut le faire pendre; hier on a démoli sa maison; les deux dames sont arrêtées et retenues dans une maison particulière d'où elles n'ont point le droit de sortir.

— Partons, dit Gontran; mais, mes amis, promettez-moi de garder toujours, ou du moins tant que je vous le recommanderai, le secret que vous avez tenu jusqu'ici. Pour tout le monde autre que vous, je suis toujours ch' quiot Picard.

— Oh ! mon cher maître, vous pouvez être sans inquiétude à cet égard, répétèrent-ils tous les trois. Nous savons que la moindre indiscrétion pourrait vous perdre.

— Eh bien ! mes amis, au revoir, dit Gontran en montant à cheval.

— Que Dieu vous ait en sa sainte garde! dit la vieille Thérèse en joignant les mains vers le ciel.

— Vous me permettez de vous suivre, dit Tête-Dure. Vite mon cheval.

En disant ces mots, le vieil écuyer sortait l'autre cheval de l'écurie, le sellait et jurait après François qui ne l'aidait point assez vite.

Gontran était impatient : il aurait voulu être
déjà à Abbeville. Enfin Tête-Dure avait le pied dans
les étriers, tous deux étaient bien armés, ils partirent
au galop par la route la plus courte qui devait les
conduire dans la capitale du Ponthieu.

La ville était encore dans l'émotion que venait de
causer le bannissement du seigneur de Maisnières;
l'indignation se montrait sur les figures, mais elle
n'osait éclater. Gontran, sans descendre de cheval,
arriva sur la place de l'église Saint-Jacques; il reconnut là de ses anciens amis.

— Hubert, cria-t-il à l'un d'eux, qu'y a-t-il donc
que toute la ville semble plongée dans la conster-
nation ?

— Il y a que le seigneur de Maisnières vient d'être
banni par les ordres de Bromier.

— Banni ! s'écria Gontran. Et je n'étais pas là !
et personne n'a résisté !

— On ne l'ose, dit Hubert à voix basse, en regardant autour de lui de crainte d'être entendu.

— Eh ! mes amis, me voilà, répondit le noble
jeune homme, et : *Vive le roi !* Nous verrons qui,
devant nous, osera crier : *Vive la Ligue !*

— Vive le roi ! cria-t-on de toute part. Vive ch'
quiot Picard !

Et ces mots retentissant dans toutes les parties de
la ville, allèrent réveiller les nouveaux municipaux
et leur donner le vertige.

Déjà un rassemblement se formait; on se disait :

c'est ch' quiot Picard; il vient à notre secours; marchons avec lui, et la troupe se grossissait et les plus braves disaient : commandez nous et nous vous obéirons; nous ne pouvons rester ainsi.

Une compagnie d'archers se présenta pour mettre l'ordre, mais Gontran, suivi des siens, la chargea, la mit en fuite et lui fit des prisonniers qu'on désarma pour donner leurs armes aux plus braves. On marcha ainsi sur l'échevinage où Maupin de la Bouvaque s'était rendu pour exercer ses fonctions de mayeur.

— Je ne vous connais pas, dit Gontran; c'est le seigneur de Saint-Lau que je reconnais seul pour mayeur.

— Mais je tiens ma nomination du commissaire extraordinaire nommé par monseigneur le duc d'Aumale, gouverneur de Picardie.

— Le duc d'Aumale ne doit pas être écouté ici, s'il ne se présente au nom du roi. Je vous somme de quitter votre fauteuil et de crier à l'instant : **Vive le roi !**

Maupin faisait de là résistance. Gontran le menaça, le prit au collet et l'amenant à une fenêtre ouverte sur la place, qui était pleine de monde, il lui dit :

— Criez : *vive le roi !* ou je vous tue.

— Vive le roi ! cria Maupin d'une voix étranglée.

— Vive le roi ! répéta la foule, et aussi : vive ch' quiot Picard !

— Ce n'est pas tout, continua Gontran, vous allez maintenant crier : *à bas la Ligue !*

— Mais... objecta Maupin d'une voix tremblante.

— Préférez-vous aller boire un coup dans la Somme ?... Allons donc, criez!

— A bas la Ligue ! dit Maupin.

Et la multitude d'applaudir.

Les conseillers fidèles au roi, Claude Gaillard, Louis Garbe, Grégoire de Buissy et d'autres arrivèrent et reprirent leur place. Gontran demanda où était Broinier; mais on vint apprendre qu'il était parti le matin pour le Pont-Remy, où se trouvait le duc d'Aumale, qui projetait de faire le lendemain son entrée en ville.

— Je vous réponds qu'il n'entrera pas, dit Gontran. La ville est fidèle, quelques traîtres seulement prétendaient l'entraîner dans un parti factieux, il n'en saurait être ainsi; nous venons rétablir l'autorité légitime.

Cependant Roncherolles et d'Hucqueville avaient rassemblé leurs forces et se déclaraient ouvertement pour la Ligue; le château tournait ses canons vers la ville; l'orage grondait sourdement, et bien qu'on annonçât l'arrivée prochaine de troupes royales, la vigie de Saint-Vulfran signalait l'approche d'un corps de soldats portant les insignes de la Ligue. Le conseil municipal en fut averti; il fallait organiser la résistance et profiter surtout de l'excellent esprit dans lequel se trouvait la population.

Pendant que ces préparatifs se faisaient, et qu'une batterie de canons s'installait sur le quai de la Pointe pour bombarder le château, Gontran, qui était pressé de voir les dames de Maisnières, toujours retenues dans la maison de la chaussée du Bois, se fit conduire près d'elles.

Elles étaient toutes deux plongées dans la douleur, se demandant ce qu'elles allaient devenir, privées de leur appui naturel et retenues captives.

— Nous n'avons personne pour nous protéger désormais, disait la dame de Maisnières.

— Nous aurions quelqu'un pensait la triste Josine, mais saurait-il nous retrouver?

— Nous qui vivions si heureuses, reprenait la mère, et pour qui l'avenir apparaissait si beau, il a fallu que les troubles politiques vinssent nous plonger dans un abîme sans fond.

— Courage, ma mère, peut-être les circonstances changeront-elles, et nous pourrons aller rejoindre le seigneur de Maisnières.

— Hélas! qui pourra nous dire où il a porté ses pas?

En ce moment, on frappa doucement à la porte. Les deux dames se turent, anxieuses et tremblantes. On frappa de nouveau.

— Peut-on entrer? dit une voix.

— C'est lui, s'écria Josine en se levant et allant vers la porte.

— Entrez! avait dit en même temps la dame de Maisnières.

Mais elle resta stupéfaite lorsqu'elle vit entrer un cavalier portant les insignes du commandement, et qu'elle reconnut Gontran.

— Que désirez-vous de nous, monsieur ? dit-elle d'un ton sévère, et au nom de qui vous présentez-vous ici ?

— C'est ma propre inspiration qui m'amène, madame; je viens pour que la liberté vous soit rendue.

— Ah ! je l'avais bien dit qu'il nous sauverait, dit Josine en se précipitant dans les bras de sa mère et cachant sa figure sur sa poitrine.

— Nous rendre la liberté ! Eh ! qui vous a dit, monsieur, que nous n'étions pas libres ?

— Votre dignité, madame, qui vous défendrait de rester aux lieux où domine le persécuteur de votre époux.

— Mais qui donc êtes-vous ? reprit la dame de Maisnières, ne pouvant encore dominer sa curiosité.

— Vous le saurez un jour, madame; qu'il me suffise de vous dire, pour le moment, que je suis digne de vous... et de mademoiselle.

— C'est vous qu'on nomme ch' quiot Picard... et vous n'avez pas d'autre nom ?

— J'en ai un autre; mais si vous voulez me faire une grâce, c'est de ne me donner que celui de Gontran qui me fut imposé sur les fonts de baptême.

— Gontran !... Ah ! ma mère, ce n'est pas un nom commun, dit tout bas la jeune fille.

— Si ces dames veulent suivre mon conseil, continua Gontran, elles se prépareront à quitter Abbeville le plus tôt possible : la tranquillité n'y est pas assurée, leur persécuteur pourrait revenir et je ne serais plus là... Savez-vous où s'est retiré le seigneur de Maisnières?

— Je l'ignore absolument, répondit la dame.

— Il est sorti par la porte Marcadé, dit Gontran.

— Oh ! alors il doit avoir tourné ses pas vers Saint-Riquier et peut-être même jusqu'à Auxi-le-Château où il a des amis.

— Si ces dames veulent se confier à moi, je les ferai conduire en lieu sûr; dans une maisonnette où elles seront bien reçues et bien traitées. Pendant ce temps, je ferai des recherches, je découvrirai la retraite du seigneur de Maisnières, et alors vous ne tarderez point d'être réunis.

— Ah ! ma mère, acceptons, dit Josine en joignant les mains.

— Certainement j'accepte, dit la dame de Maisnières, et quel que soit ce monsieur, ses manières sont trop polies, son procédé trop chevaleresque pour que sa proposition ne soit point acceptée.

Les deux dames étaient prêtes à partir; elles suivirent Gontran. Dans la cour de l'hôtel, deux chevaux étaient disposés pour elles; Tête-Dure était lui-même à cheval et devait les accompagner jusqu'à la maisonnette des bois.

— Fiez-vous, mesdames, à ce brave serviteur, dit Gontran; il vous servira d'escorte. Je vous réponds qu'il est solide.

— Vous ne venez pas avec nous ? fit la dame ?

— Je le voudrais; mais ma présence ici est en ce moment des plus nécessaires; je ne puis quitter la ville sans l'exposer à retomber entre les mains de nos ennemis. Dans quelques jours, sans doute, j'irai vous rejoindre, et probablement pour vous conduire vers le seigneur de Maisnières.

En ce moment, Gontran fut reconnu par un groupe d'habitants, et les cris de : vive ch' quiot Picard ! saluèrent sa séparation d'avec les deux dames qui s'éloignèrent par la chaussée Marcadé.

— Que peut donc être ce jeune homme ? se disait la dame de Maisnières. Il prétend qu'il est digne de nous; mais pourquoi se cacher ? pourquoi taire son nom ?... Ah ! bien sûr, reprenait-elle avec tristesse : c'est un homme sans nom, sans famille, et qui n'a pour lui que l'audace et le courage.

— Vous savez, ma mère, que Gontran a sauvé le seigneur de Maisnières en danger de périr ?

— Sans doute... c'est très-beau de sa part.

— Et vous voyez qu'il nous sauve à notre tour.

— Oui, mais pourquoi nous taire le nom de sa famille ?... Ah ! se dit-elle en regardant Tête-Dure, nous allons savoir quelque chose.

Et s'adressant au vieil écuyer, dont elle s'était rapprochée, elle lui dit :

— Vous connaissez ch' qu'iot Picard!..... je veux
dire M. Gontran ?

— Beaucoup, madame.

— Quel est donc son nom de famille ?

— Quant à cela, madame, je n'en sais pas plus que
vous.

— Savez-vous s'il est de souche noble ?

— Peut-être. Pour mieux dire, je n'en sais rien.

— Et vous nous conduisez sans doute dans sa
famille, quelque vieux château ?

— Oh ! c'est une habitation qui vaut mieux qu'un
château, je vous en réponds.

— Je ne saurai rien, se dit la dame de Maisnières; mais nous allons voir cette demeure qui
vaut mieux qu'un château; c'est là sans doute, que
nous dévoilerons le mystère.

Puis, se rapprochant de Josine, elle dit :

— Cet homme a reçu des instructions, nous ne
saurons rien.

— Eh bien ! ma mère, il faut nous contenter du
nom de Gontran. Quant à moi il me suffit.

Le silence se fit. On traversait en ce moment la
forêt, et la nuit approchait. La dame de Maisnières
croyait à chaque instant voir apparaître les tourelles
d'un antique castel.

— Nous sommes encore loin ? demanda-t-elle,
en se rapprochant de Tête-Dure.

— Nous y voici, madame, répondit le vieux sergent.

16.

— Où donc? dit la dame, en cherchant des yeux quelque vieille muraille féodale.

— Devant nous.

Les aboiements du chien se firent alors entendre, et la vieille Thérèse, venant éclairer avec sa lampe, la lumière produisit un tel éblouissement qu'il fut impossible à la dame de rien voir avant qu'elle fût entrée dans la maison. Elle se trouva alors en présence du modeste ameublement que nous avons détaillé plus haut.

— Quoi! c'est ici? demanda-t-elle.

— Oui, madame.

— Mais c'est une chaumière! une cabane de bûcheron!..... Ah! mon Dieu!

Si les chaises eussent été plus belles, elle se fût laissée tomber et eût perdu connaissance; mais ayant horreur des sièges rustiques qui lui étaient présentés, elle resta debout et manifesta la plus profonde déception.

— Mais, ma mère, nous serons très-bien ici, dit Josine : il n'y a pas de danger qu'on vienne nous y trouver.

Si l'orgueilleuse femme n'avait eu peur de la nuit, elle fût repartie sur le champ; mais elle était tellement stupéfaite de se trouver dans une pareille demeure qu'elle ne put retenir les sanglots que le dépit lui arrachait. Elle ne dit plus un mot, et elle se laissa conduire dans la chambre où elle devait passer la nuit avec sa fille, sans faire la moindre question qui témoignât de sa curiosité.

CHAPITRE XIII

Comment un propre à rien peut être bon à toutes choses.

Pendant que Gontran rétablissait l'autorité légitime à l'Hôtel-de-Ville et rendait à la liberté les dames de Maisnières, les principaux partisans de la Ligue s'assemblaient au couvent des Carmélites et avisaient aux moyens de reconquérir leur influence perdue et de rétablir l'autorité de la Sainte-Union.

Hucqueville et Roncherolles, qui ne pouvaient pardonner à Gontran ses succès et l'autorité qu'il s'était acquise dans la ville, rivalisaient d'efforts pour arriver à le renverser et à faire exécuter la sentence de mort qui avait été prononcée contre lui.

Roncherolles courait de porte en porte chez les plus dévoués à la Ligue et les engageait à venir au conciliabule

— La ville est de nouveau en effervescence, disait-il, et l'instigateur de la révolte est ch' quiot

Picard, le condamné qui s'est évadé de la prison.

— L'évasion s'est faite, dit Hucqueville, par un égoût mis en communication avec le sol du cachot. Un maçon était seul capable d'exécuter un pareil travail. C'est d'ailleurs un vagabond que nous ferons pendre avant qu'il soit longtemps.

— Il faut, reprit Roncherolles, députer vers le duc d'Aumale pour qu'il nous envoie des renforts.

— Le commissaire Bromier y est parti ce matin, dit l'avocat Rumet.

— Nous n'avons que faire de Bromier, qui s'est arrogé une autorité qui ne lui est pas due, reprit de Roncherolles. S'il est parti vers le duc d'Aumale, qu'il y reste et qu'il nous laisse nous occuper des affaires de notre ville.

— C'est aussi mon opinion, affirma d'Hucqueville.

— Quant à cet homme sans nom, qu'on appelle ch' quiot Picard, poursuivit de Roncherolles, il faut aviser aux moyens de nous saisir de sa personne, car c'est un perturbateur dangereux qui a pris un grand ascendant sur la populace et qui pourrait se faire valoir auprès du roi, de manière à faire sanctionner des actes de rebellion.

— Je m'en charge, dit le conseiller Maupin.

— Le roi nous a écrit, continua Roncherolles, pour nous engager à recevoir deux compagnies en garnison, nous avons cru devoir en référer au gouverneur de Picardie, monseigneur d'Aumale, qui nous a conseillé de refuser, annonçant qu'il venait lui-même dans notre ville pour la soumettre à la Sainte-Union. Lorsque sa Grandeur sera ici, il nous sera facile de faire arrêter les factieux et de donner un nouvel exemple à la population.

— Je crois, cependant, dit d'Hucqueville, que nous ferons bien de prévenir l'ex-mayeur Saint-Lau, que notre intention est de recevoir monseigneur le duc d'Aumale dans ces murs afin qu'il ait à s'y soumettre, lui et les siens.

On députa en conséquence un exprès vers le conseil municipal; mais Saint-Lau, qui venait aussi de recevoir une lettre du roi, avait fait publier par la ville qu'il était ordonné de repousser le duc d'Aumale, s'il se présentait pour entrer dans la place, et de ne recevoir aucune personne de son parti. La guerre fut dès-lors déclarée dans la population divisée en deux factions.

Pour se conformer aux ordres du roi, Gontran et ses hommes gardèrent les portes de la place et empêchèrent les communications entre les Ligueurs de la ville et ceux du dehors. Bromier, qui ignorait ce qui s'était passé pendant son absence, se présenta devant la porte Saint-Gilles; mais ayant été reconnu, il fut reçu à coups d'arquebuse et il détalla au plus vite pour retourner vers le duc d'Aumale.

— Vous voyez, monseigneur, lui dit-il, ce que produit mon absence, même momentanée, d'Abbeville, et comme votre seigneurie peut compter sur ceux qui y exercent l'autorité. Cette ville repousse

-de nouveau la Sainte-Union et refuse de se soumettre au gouverneur de la Picardie.

— Eh! que n'y êtes-vous resté, maître Bromier? Un homme comme vous ne doit pas quitter son piédestal : la statue qui tombe reste à terre si on ne la redresse.

— L'empressement de venir apprendre à votre seigneurie... murmura Bromier en bégayant.

— M'apprendre, quoi !..... il fallait m'envoyer un exprès, et rester, vous, au danger où votre présence était nécessaire... Qu'ai-je besoin que vous vous dérangiez pour savoir ce qui se passe ? Tenez, ajouta-t-il en fouillant dans des papiers qui se trouvaient sur sa table, voilà ce qu'on m'annonce d'Abbeville.

« Ch' quiot Picard, qu'on croyait perdu, vient de reparaître, sa présence a suffi pour soulever encore la population. Les anciens municipaux siégent de nouveau à l'échevinage. »

— Voilà ce que vous ne saviez pas, maître Bromier, parce que vous avez quitté votre poste. J'ai répondu à un autre que vous, à celui qui me prévenait, qu'on eût à s'emparer de cet homme, de ch' quiot Picard, pour me l'amener. Je prévois qu'il y a là une tête qui pourrait nous faire du mal, et cette tête, il faut qu'elle saute.

— Oh! monseigneur, je vais... fit Bromier avec un feint empressement.

— Croyez-moi, n'allez nulle part, dit le duc

d'Aumale en le retenant, j'ai donné des ordres.

— Ah ! monseigneur que je suis contrarié...

— Il n'y a pas de raison pour cela. Allez attendre mes ordres : nous verrons, par la nature des services que vous pourrez rendre à notre cause, de quelle manière nous pourrons vous récompenser.

Bromier sortit tout déconcerté de chez le duc d'Aumale. Il voyait sa fortune et son avenir prêts à lui échapper. En ce moment Jaspart lui remit une lettre par laquelle on lui annonçait le retour à Abbeville de ch' quiot Picard, et qu'on espérait le prendre par ruse.

— Il est bien temps de me prévenir, dit Bromier en froissant la lettre. Fatalité ! quel est le traître qui a osé me devancer pour avertir le duc ?

Il se promena assez longtemps exaspéré, au milieu des soldats réunis devant la porte du gouverneur ; puis enfin, fatigué d'attendre, il entra dans une auberge et se fit servir à manger ; mais son émotion et son inquiétude étaient si grandes qu'il ne put rien prendre. Enfin, le duc d'Aumale le fit appeler, et ce fut en tremblant qu'il se trouva de nouveau devant lui.

— J'ai réfléchi, dit le duc, que je pourrais encore vous employer à quelque chose. Vous savez que je tiens à savoir ce qu'est devenu le marquis de Sillery, qui, il y a une vingtaine d'années, s'est retiré dans ce pays, aux environs, soit d'Abbéville, soit de Saint-Valery, soit de Rue ; vous avez déjà quel-

que indication, m'avez-vous dit : continuez vos recherches; c'est une affaire qui m'est toute personnelle : je tiens à savoir de ce marquis tout ce qui
pourra être recueilli par une personne intelligente.

— Ah! monseigneur, tout mon zèle est à votre
service. Tenez, ajouta-t-il, j'ai aussi été prévenu
de l'arrivée de ch' quiot Picard et des moyens qui
seront employés pour s'en emparer.

Et, en parlant ainsi, il tendait sa lettre; mais le
duc la repoussa.

— De ce côté, dit-il, je sais ce que j'ai à faire.
Allez donc où je vous envoie, et, pour vous récompenser, je vous promets la demoiselle de Maisnières et la fortune de son père. Quand nous serons à
Abbeville, je parlerai à cette dame, et je saurai la
décider.

Bromier, au comble de la joie, s'inclina en promettant de s'occuper immédiatement des ordres de
sa seigneurie. En effet, il remit ses papiers dans
son portefeuille, ordonna à Jaspart de préparer deux
chevaux; puis, lorsqu'il se fut restauré à l'auberge
où il avait attendu les ordres du duc, il partit pour
Saigneville accompagné de Jaspart qui devait le
conduire chez le vieillard dont il lui avait parlé.

Mais le vieux Bulot, effrayé des questions réité-
rées qui lui avaient été faites par Jaspart et se rappelant le secret qui lui avait été recommandé une
vingtaine d'années auparavant, avait été tellement
tourmenté qu'il était mort la nuit suivante d'une con-

gestion cérébrale. Lorsque Bromier arriva, il ne put donc recueillir de renseignement plus précis que celui que lui avait donné Jaspart, et il prit le parti de traverser la baie pour se rendre à Nouvion, où il recommencerait ses recherches.

La marée était basse, un guide le conduisit au gué de Blanquetaque, qui se trouvait en face de Saigneville. Il demanda la route de Nouvion, qu'on lui indiqua à travers le bois; mais, dans le bois, les deux voyageurs s'égarèrent, la nuit vint bientôt les surprendre, et Bromier se vit avec effroi exposé à passer la nuit à la belle étoile, dans des lieux où il pourrait rencontrer des malfaiteurs. Jaspart le rassurait de son mieux, en lui disant qu'il connaissait la forêt, qu'il savait où il se trouvait et que bientôt ils arriveraient au village de Nouvion dont il croyait à chaque instant apercevoir le château, résidence des anciens rois de France, depuis Louis XI et François Ier.

Ils erraient depuis trois heures dans l'obscurité, suivant une route à peine battue, lorsqu'ils aperçurent une lumière à travers les arbres.

— Voilà Nouvion, dit Jaspart : je reconnais la lumière du château.

Ils avancèrent et bientôt les jappements d'un chien se firent entendre.

— Je ne sais, dit Bromier; mais il me semble que ce n'est point là un château; c'est une chaumière.

Au premier jappement du chien, la lumière s'était

17

éteinte; mais on était à la lisière du bois et l'horison paraissant à travers les arbres dégarnis de feuilles, semblait s'étendre sur une vaste plaine.

— En effet, dit Jaspart, c'est une chaumière, une maison de bûcheron, sans doute; mais nous ne pouvons être loin du but de notre voyage; je vais frapper à la porte pour demander notre route.

— J'aimerais autant passer la nuit ici, reprit l'autre qui tremblait de peur, si toutefois cette maison n'est point une caverne de brigands.

— Nous sommes bien armés, dit Jaspart, et je vous réponds que nous leur ferons du dommage avant qu'ils viennent à bout de nous.

Bromier n'était point rassuré, mais son domestique, plus hardi, descendit de cheval, et sans ajouter un mot, il pénétra dans la cour malgré les aboiements du chien qui se jetait dans ses jambes.

—Je ne veux pas rester seul là, dit Bromier, descendant de cheval et accourant auprès de Jaspart, qui déjà frappait à la porte.

Au bout d'un instant, et lorsque Bromier eut frappé à son tour, une voix d'homme se fit entendre, qui cria :

— Qui est là?

— Deux voyageurs qui se sont égarés, répondit Bromier, et qui demandent qu'on leur ouvre la porte et qu'on leur prépare des lits pour se reposer jusqu'à demain.

— Nous ne logeons pas ici, nous n'avons pas de lits et nous ne recevons personne la nuit.

— Nous demandons la route de Nouvion, reprit Jaspart.

— Sortez du bois; derrière la maison il y a un chemin qui descend dans la vallée et qui vous conduira directement à Nouvion.

— Y a-t-il bien loin ?

— Une bonne demi-lieue.

— Je crois, maître, dit Jaspart en se retournant vers Bromier, que nous ferons bien de continuer notre route : nous serions très mal ici, au lieu que votre seigneurie est assurée de trouver une bonne hospitalité au château de Nouvion.

— Es-tu sûr de la route? hazarda Bromier.

— Je l'ai suivie vingt fois, répondit l'autre.

— Eh bien ! partons.

Mais, dans sa frayeur pour suivre Jaspart dans la cour, Bromier avait oublié qu'il tenait les deux chevaux par la bride, il les avait laissés à l'entrée de la cour, sans prendre la précaution de les attacher. Ceux-ci, effrayés par les aboiements du chien et se sentant libres, avaient fait un tour de galop. Les deux cavaliers ne les retrouvèrent plus et se virent dans un grand embarras. Il n'y avait pas moyen de les chercher, même à quelques pas dans la forêt, sans s'exposer à se perdre; ils tournèrent vainement autour de la maison, Bromier suivant

toujours Jaspart comme son ombre, ils ne virent ni
n'entendirent rien.

— Il faut, dit Jaspart, nous informer si on a ici
des chevaux à nous donner, et demain nous reviendrons chercher les nôtres.

— Ah ! par la peau du diable ! fit Bromier en poussant un gros juron; et ma valise ! et ma bourse ! et
mes papiers ! tout cela serait perdu ! Quelle mauvaise chance nous avons eue de descendre de cheval.

— Certainement, dit Jaspart. Il faut pourtant,
maître, que nous en sortions, car vous ne pouvez
rester ainsi dehors toute la nuit. Nous allons faire
lever les gens de cette maison, ils nous allumeront
du feu, nous nous réchaufferons, et, au jour, nous
verrons s'il y a moyen de retrouver nos chevaux.

Mais Bromier continuait ses lamentations sans répondre. Jaspart se rapprocha de la maison, toujours
suivi pas à pas par son maître qui ne le quittait pas
d'une semelle, et il frappa de nouveau à la porte. On
fut assez longtemps sans répondre ; Jaspart redoublait ses coups; le chien ne cessait point d'a-
boyer. La même voix se fit enfin entendre et dit
avec colère :

— Par la mort Dieu ! vous plaira-t-il à la fin de
nous laisser tranquille ? ou bien voulez-vous que je
vous réponde avec ma canardière !

— Nous sommes de malheureux voyageurs égarés,
dit Bromier d'une voix piteuse; il ne fait pas bon
de rester par la nuit sans abri dans les bois.

— Je vous ai indiqué la route de Nouvion. Je vous conseille de la prendre au plus vite : c'est ce que vous avez de mieux à faire.

— Nous venons de perdre nos chevaux, dit Jaspart; il nous en faudrait d'autres pour les remplacer.

— Nous n'avons pas de chevaux à votre service; allez-vous en au diable!

— Ne pourriez-vous nous recevoir jusqu'au jour? dit Jaspart.

— Et nous allumer un peu de feu? nous sommes gelés de froid, continua Bromier.

— Nous n'avons pas de quoi faire de feu, répondit la voix. Si vous avez froid, courez : la route est belle d'ici à Nouvion; il n'y a qu'à descendre, vous vous réchaufferez.

Jaspart dit en se retournant vers Bromier.

— Il mériterait bien qu'on lui mit le feu à sa cassine.

— Essayez y un peu, répondit la grosse voix, et en même temps la bouche d'une arquebuse se montra par un trou de la porte.

— Partons, dit avec effroi Bromier en tirant Jaspart par ses vêtements.

Puis il ajouta plus bas, en lui parlant dans l'oreille: Nous reviendrons voir ces gens-là.

— Nous ne vous disons pas au revoir, cria Jaspart : vous saurez bientôt à qui vous avez eu à faire.

— Prends donc garde, lui dit Bromier, il n'a qu'à nous lâcher son coup de feu.

17.

Jaspart répondit par un gros juron, et le domestique, conduisant son maître comme un chien tenu en laisse, prit le sentier qui lui avait été indiqué.

La maison était celle que nous avons visitée avec Gontran et qui avait reçu dans la journée les deux dames de Maisnières en compagnie de Tête-Dure. Au bruit qui troublait ainsi le silence de la nuit, les deux pauvres dames qui n'étaient pas très rassurées, tremblaient de tous leurs membres.

— Il me semble, disait la mère, que j'ai reconnu la voix de Bromier, notre persécuteur. Au surplus, ajoutait-elle, je ne sais trop ce que nous avons gagné à le quitter pour venir nous réfugier ici, une véritable demeure de sabotiers.

— Oh! ma mère, dit Josine, puissions-nous ne plus retomber entre ses mains !

Tête-Dure était venu à la porte des dames et leur avait dit par le trou de la serrure :

— Soyez sans crainte, mesdames, ce sont des voyageurs égarés; nous ne les recevrons pas..... Dormez en paix, et reposez-vous entièrement sur moi.

Mais la dame de Maisnières ne pouvait dormir; les évènements de la journée lui repassaient sans cesse par l'imagination.

— Cette chaumière, disait-elle à Josine, n'indique pas une origine élevée de la part du jeune homme qui s'est constitué notre cavalier : c'est une cabane de bûcheron; je croyais d'abord qu'il nous faisait conduire dans quelque château où nous aurions été à l'abri des insultes.

— Mais c'est très joli ici, répondait Josine; l'été, ce doit être admirable d'habiter dans un bois. Quant à moi, je vous assure que je n'ai pas peur.

— Nous demanderons demain, dit la mère, qu'on s'informe du seigneur de Maisnières votre père, et, le plus tôt possible, nous irons le rejoindre.

— Le seigneur Gontran nous a promis de nous venir rejoindre pour nous conduire lui-même vers mon père.

— Et s'il ne vient pas?

— Oh! il viendra.

— C'est égal, répétait la mère; je ne vois dans tout cela rien de bien distingué, et ch' quiot Picard n'est peut-être bien que ch' quiot Picard, et rien de plus.

Vers la fin de la nuit, les deux dames s'endormirent et elles se réveillèrent assez tard.

Tête-Dure n'était point sans inquiétude : cette visite nocturne de deux voyageurs égarés lui paraissait, dans les circonstances où on se trouvait, quelque soit peu inquiétante. Lorsqu'il fit jour, il sortit, examina les alentours de la maison et ne tarda point à trouver les deux chevaux, qui n'avaient point tardé à s'accrocher eux-mêmes aux arbres par leurs rênes traînantes; l'un deux avait déchiré la valise de son maître aux broussailles, et le contenu en était éparpillé à terre. Il ramassa le tout et ramena les deux chevaux à l'écurie.

— Tenez, dit-il au père François, voilà des papiers échappés de cette valise qui est en fort mauvais
état. Vous qui savez lire, peut-être apprendrez-vous
quels en sont les propriétaires.

François se mit à examiner les papiers, et bientôt
il sembla prendre un grand intérêt à les lire.

— Oh ! oh ! se dit-il, cela nous regarde beaucoup,
et c'est le ciel qui envoie ces pièces entre nos mains ;
mais il ne faudrait pas qu'on vint nous les redemander.

Il appela Tête-Dure et lui conseilla d'aller perdre
les chevaux au loin, afin qu'en cas de perquisition,
on ne les retrouvât pas chez lui, à cause des communications importantes que contenaient les papiers
pour la sûreté de leur maître. Tête-Dure partit aussitôt avec les deux chevaux et les conduisit très loin
sur une route qui traversait la forêt ; puis il revint
à pied à la maisonnette.

Après le départ de Tête-Dure, François muni des
papiers, s'était retiré dans sa petite chambre pour
les compulser tranquillement.

La première pièce avait pour suscription : *affaire
du château de Toflet*, puis, sous le pli, il y avait une
lettre du duc d'Aumale adressée au sieur Bromier,
commissaire extraordinaire du gouverneur de Picardie à Abbeville. Cette lettre disait :

« Si l'individu nommé ch' quiot Picard habite le
château de Toflet, envoyez-y d'Hucqueville pour
l'arrêter. S'il n'y est pas et que vous ayez quelque

soupçon sur le danger que présente ce château comme repaire, faites-le sauter. »

C'est cette lettre qui avait d'abord attiré l'attention du père François. Il devenait évident, d'après ce préambule, que le dossier entier pouvait contenir des indications précieuses pour la sûreté de son maître, et c'est ce qui avait engagé le vieux serviteur à conserver les papiers et à en faire une lecture attentive.

Une autre lettre du duc d'Aumale à Bromier, disait :

« Je suis bien aise que vous ayez enfin une indication, quoique vague, du marquis de Sillery; il importe que vous revoyez ce vieillard, puis ensuite que vous alliez vous-mêmes à Nouvion pour prendre vos informations.

— Ah ! ah ! se dit François, l'un des deux voyageurs était sans doute ce Bromier à la recherche de renseignements sur le marquis de Sillery. Monseigneur d'Aumale a de la souvenance et ses intentions ne peuvent être bonnes... Nous ne serons pas tranquilles ici, continua le père François après être resté un instant absorbé dans ses pensées... Mais, où aller maintenant?... Le Toflet est détruit et cette habitation n'est pas sûre. Voyons, continuons l'inspection de ces papiers; peut-être nous donneront-ils d'autres indications.

Une troisième lettre, toujours du duc d'Aumale à Bromier, concernait le conseiller de Maisnières. Le duc promettait au commissaire la main de sa fille Josine et la fortune du père.

— Sans doute, dit François, il s'agit des deux dames que notre maître vient d'envoyer ici sous la conduite de Tête-Dure. Il paraît que ce monsieur s'occupe beaucoup de nos affaires. Ah! ah! voici l'explication, reprit-il après avoir parcouru une grande feuille de papier : c'est sans doute de l'écriture de ce célèbre Bromier.

« Plan d'opérations.

» Détruire le château de Toflet.

— Il y a réussi, le scélérat, se dit le père François.

« Saisir ch' quiot Picard et le faire pendre.

— Quant à cela, ce sera plus difficile; mais il faut y veiller.

« Surprendre Abbeville de nuit, en y pénétrant par le château du Marais, se porter en force vers la porte du Hocquet, en ouvrir les portes au duc d'Aumale. »

A cette page était annexée une lettre dans laquelle on annonçait que l'hôtelier de la *Grand-Nef d'Or*, sur le quai de la Pointe, était gagné par Roncherolles, et que celui-ci était parvenu à corrompre trois amis de ch' quiot Picard; qu'à un jour donné on l'entraînerait à la Grand-Nef d'Or, où il n'y aurait en ce moment que des Ligueurs et qu'il serait enlevé ou même tué s'il voulait résister.

— Oh! il n'y a pas de temps à perdre! dit le père

François en bondissant sur son escabeau, il faut partir pour Abbeville, avertir notre maître, sinon il est perdu !

Mais, en ce moment, François, qui rentrait tout effaré dans la pièce d'entrée, se trouva en présence de Bromier et de Jaspart qui venaient redemander leurs chevaux et qui débutèrent par saisir le père François au collet.

CHAPITRE XIV

**Le séjour de la campagne a ses ennuis comme
ses agréments.**

Bromier, muni des pouvoirs écrits qui le créaient commissaire extraordinaire de la Ligue pour le Ponthieu, avait tout pouvoir, et se faisait recevoir en tous lieux où il se présentait, par les châtelains partisans de la Ligue. Mais, par suite de la perte de son cheval, dénué de tout, réduit à se présenter à pied, dans un piteux état, il en imposait très-peu. Aussi fut-il très-mal accueilli au château de Nouvion, où après avoir entendu ses explications suspectes, on refusa de le recevoir. A cette époque, les châtelains étaient dans des transes continuelles sur les ruses des aventuriers qui s'introduisaient, sous divers prétextes, dans les habitations et même dans les châteaux pour les surprendre et les livrer au pillage. Bromier fut donc considéré comme un aventurier; il dut chercher un abri dans le village et n'en trouva que dans une étable où il reposa pendant quelques heures, à côté de son domestique Jaspart, ses membres fatigués.

Le lendemain matin, avant même de s'enquérir des renseignements qu'il cherchait, le premier soin de Bromier avait été d'aviser aux moyens de retrouver ses chevaux; mais, sans argent, sans crédit, n'ayant même point les titres qui pouvaient le faire reconnaître pour commissaire général du gouverneur de Picardie, il lui avait été impossible de se faire servir, il s'était donc trouvé dans l'obligation de retourner à la maisonnette de la forêt.

Bromier, encore en colère du mauvais accueil qui lui avait été fait la nuit, et voyant apparaître un vieillard dans la pièce où il était entré, l'avait saisi au collet en lui disant :

— Qu'as-tu fait de nos chevaux ?

— Je ne sais, monsieur, si vous avez des chevaux, répondit François avec beaucoup de bonhommie. Tout ce que je puis vous assurer, c'est qu'ils ne sont pas ici.

— Pourquoi ne nous as-tu pas reçus hier soir lorsque nous t'avons demandé un asile ?

— C'est que jamais, dans la nuit, on n'ouvre ici à qui que ce soit.

— Apprends, maraud, que nous ne sommes point des brigands et que lorsque je frappe à une porte on doit m'ouvrir.

— Monseigneur voudra bien me donner son

13

nom, afin qu'une autre fois on fasse exception pour lui à une règle nécessaire.

— Tu mériterais bien, au contraire, que je te fasse rôtir dans ta hutte. Mais je te pardonne à la condition que tu vas être sincère. Tu es assez âgé et tu dois connaître tout ce qui s'est passé dans ce pays depuis un grand nombre d'années. Dis-moi si tu as connaissance d'un marquis de Sillery qui a habité ces contrées et qui, peut-être, l'habite encore.

— Je ne connais nullement cela, monseigneur. Cependant, attendez; il semble me rappeler le nom à peu près semblable, d'une personne qui habite Domart.

— Domart! que la peste t'étouffe. Crois-tu que nous allons faire les quatre coins de l'horizon ?

— Pourquoi pas, si vous tenez beaucoup à ce que vous cherchez.

— Apprends qu'on nous a dit positivement Nou-vion. Si tu nous mens, ton compte est sûr : tu ne nous mentiras pas deux fois.

— Voyons l'écurie, dit Jaspart, s'il n'y a pas quelque mauvaise haridelle qui puisse nous adoucir tant soit peu la fatigue de la marche.

Et Jaspart, qui paraissait toujours se plaire à fureter partout, se dirigea vers l'écurie qu'il ouvrit sans hésiter.

— Eh ! eh ! s'écria-t-il. Qu'est-ce que cela signifie? De beaux chevaux, par ma foi, et ce ne sont pas les nôtres : ce brave homme ne me paraît pourtant point taillé pour les monter.

— Il y a ici autre chose que ce que nous pensions, dit Bromier. A qui appartiennent ces chevaux ? ajouta-t-il en s'adressant à François.

— Cela ne regarde que les habitants de cette maison, eut le courage de répondre le vieillard.

— Eh bien ! nous en profitons, dit Jaspart. Nous les renverrons si nous en trouvons l'occasion. Où sont les harnais ?

En parlant ainsi, il cherchait dans l'écurie de quoi seller et brider les chevaux.

— Dieu me pardonne, dit-il, voilà des harnais d'hacquenée. Ces chevaux ont servi à des dames.

— Quelles sont donc les beautés qui sont venues en ce lieu ? dit Bromier en regardant attentivement le père François. Veux-tu bien répondre à cettequestion?

— Depuis quand, dit la vieille Thérèse en sortant de la maison, est-il défendu à une pauvre vieille d'avoir des chevaux pour elle et sa fille ?

— C'est très-bien, la mère, dit Bromier en montant à cheval, nous saurons bientôt ce qu'il y a de vrai dans tout cela : vous nous reverrez; pour le moment nous avons trop à faire ailleurs.

— Oui, vous nous reverrez, ajouta Jaspart, quand ce ne serait que pour vous remercier de nous avoir prêté des montures.

Il éclata de rire. Bromier en fit autant. Et tous deux partirent au galop de leurs chevaux.

— Nous ne sommes plus en sûreté ici, dit le père François à Thérèse. Voilà un homme, ennemi personnel de notre maître, à ce que je vois, qui cherche le marquis de Sillery. Nous avons conservé le silence; mais, à force de chercher, il pourra bien rencontrer quelqu'un comme le vieux fermier Bulot qui lui désignera cette maison. Alors nous avons tout à craindre. Il faut que Tête-Dure, aussitôt rentré, reparte immédiatement pour Abbeville... Ah? mon Dieu! mon Dieu! arrivera-t-il à temps, et qu'allons-nous devenir ici avec ces deux dames qui sont sans doute proscrites comme nous?

— Notre maître ne peut manquer de venir demain, et il nous conseillera.

— Hélas! puisse-t-il revenir! Je redoute tout pour lui : il a tant d'ennemis.

— Nous étions si bien à Toflet.

— Aujourd'hui tout est bouleversé : la poudre a renversé ce que le temps avait épargné.

— Mon Dieu! qu'allons-nous devenir? répétait Thérèse en joignant les mains.

— Allons, il ne faut pas nous désoler pour ne pas tant inquiéter ces dames; vas les voir pour les rassurer si elles ont entendu, car ces allées et venues ont dû un peu les tourmenter. Je vais réfléchir sur ce qu'il y aura à faire, et d'ailleurs, Tête-Dure ne peut manquer de rentrer.

Afin de ne point perdre de temps, le père François se mit à seller le cheval qui restait à l'écurie. Tête-Dure le trouva dans cette occupation.

— Que fais-tu donc, mon brave père ? lui dit-il.

— Vite, vite... en route, et sans perdre une minute...

Et le père François, essuyant d'une main la sueur qui découlait de son front, lui donnait de l'autre les papiers dont il avait pris connaissance.

— Il s'agit de la vie de notre maître, dit-il. Peut-être, si tu ne te hâtes, arriveras-tu trop tard.

— Est-ce expliqué là dedans ? dit Tête-Dure en montrant les papiers.

— Certainement... vite, en route... Je tremblerai jusqu'à ce que tu nous l'auras ramené.

Tête-Dure était déjà en selle, et, sans autre explication, il partit comme la flèche dans la direction d'Abbeville.

Thérèse était entrée dans la chambre des deux dames qu'elle trouva levées et n'osant se montrer, car elles avaient reconnu la voix de Bromier. Elle les rassura, en leur annonçant qu'il était reparti. La dame de Maisnières, qui était un peu remise de sa déception de la veille, était résignée à parler; elle était d'ailleurs avide d'apprendre quelque chose sur Gontran : n'ayant pu rien tirer de la discrétion de Tête-Dure, elle crut avoir plus facilement raison des deux vieillards, surtout de la femme.

— Ch' quiot Picard est-il votre fils ? demanda-t-elle à Thérèse.

— Oh ! non, madame... Puis se reprenant elle

18.

ajouta : c'est un orphelin que nous avons recueilli et élevé.

— Vous ne connaissez donc rien de sa naissance ?

— Rien.

— C'est étonnant : il nous avait laissé supposer qu'il était de famille noble.

La vieille Thérèse, qui avait la démangeaison de parler, sortit sur cette réponse, car elle eût été bien aise de dire la vérité. Elle fut à la porte en appelant le père François, afin d'avoir un prétexte pour sortir et échapper ainsi aux questions de la dame. Celle-ci, désappointée, dit à sa fille, en se retournant vers elle :

— Tu vois, ma fille, que ce jeune homme n'est pas ce que nous pensions : il a bonne mine, il ne manque pas d'assurance, tout cela est vrai; mais il n'a pas de nom et n'est point d'une famille qu'on puisse avouer.

— Bien sûr, ma mère, vous vous trompez : nous le saurons bientôt; il nous le dira.

— Je n'en parle que parce qu'il a élevé des prétentions que je ne pourrai approuver si je ne sais rien... il est juste que, pour encourager des espérances, je sache au moins à qui nous avons à faire.

— Il est loyal, il est probe, il est courageux : ce sont beaucoup de belles qualités, ma mère.

— Je n'en disconviens pas; mais votre père est de la noble maison des seigneurs de Maisnières; moi-même j'appartiens à la souche des d'Olbrun qui comptent un croisé parmi leurs ancêtres. Et vous comprenez, ma fille, que lorsqu'on a le cœur si haut placé, on ne s'allie pas facilement avec le premier venu.

— Eh bien! ma mère, je suis sûre que mes pressentiments ne me trompent point, le seigneur Gontran doit être de noble famille et il né tardera pas à nous le prouver, j'en suis persuadée.

— Pourquoi nous amener ici, dans une chaumière? Je croyais, en quittant Abbeville, qu'on nous conduisait dans quelque château, comme l'aurait fait un homme bien né, et c'est dans une cabane de bûcheron. Il aurait mieux valu qu'il nous fît conduire chez le seigneur de Nolette qui est notre parent et qui nous aurait bien accueillies.

Le lendemain la dame de Maisnières n'y pouvait plus tenir d'ennui; elle déclara formellement à sa fille qu'elle voulait se rendre à Nolette, dont on ne devait pas être très-éloigné, et que là elle agirait de concert avec son parent pour découvrir son époux, le seigneur de Maisnières.

— Qui sait même, ajoutait-elle, si votre père n'a point cherché là un refuge et si nous n'allons pas l'y retrouver.

Toute observation devenait inutile. La dame de Maisnières était fermement décidée à partir le jour même, elle craignait, en restant plus longtemps, de donner à Gontran des espérances irréalisables. Du reste, elle se sentait mourir d'ennui dans cette manse de paysan. Le château de Nolette serait pour elle et sa fille un refuge plus convenable et plus sûr. Elle déclara ses intentions au père François qui, n'ayant reçu aucun ordre particulier à l'égard des dames, que de les bien traiter et de leur obéir en tous points, ne trouva aucune objection à faire.

— Il ne plaît donc pas à ces dames, dit-il, d'attendre le retour de mon maître ?

— Votre maître peut encore tarder à venir, et nous ne pouvons abuser plus longtemps de l'hospitalité qu'il nous a donnée. Nous serons d'ailleurs bien reçues au château de Nolette où nous allons nous rendre aujourd'hui même.

— Je crains que mon maître me gronde de vous avoir laissé partir, d'autant que nous n'avons plus de chevaux pour vous conduire.

— Dussions-nous y aller de pied, dit la dame, je ne puis rester davantage ici. Y a-t-il bien loin du château de Nolette ?

— On le voit d'ici, c'est-à-dire du bout du jardin; il n'y a que la côte à descendre, et on y arrive en moins d'une demi-heure.

— Eh bien! nous partons, dit avec décision la dame de Maisnières en regardant sa fille.

Josine essaya de répliquer, de faire des observations sur l'imprudence d'une pareille route : deux femmes seules par la campagne, pouvaient être rencontrées par des aventuriers comme il en courait constamment sur les routes. Mais la dame de Maisnières avait son parti pris; lorsque ses yeux retombaient sur la chambre où elle avait passé trois jours et trois nuits dans un mortel ennui, elle se sentait prise de crispations d'impatience, et son parti était plus que jamais arrêté de quitter ce lieu si peu digne, suivant elle, d'une dame de haute naissance.

Josine espérait encore dans l'arrivée inopinée de Gontran ; elle regardait à chaque instant la route d'Abbeville par où s'était éloigné Tête-Dure, mais personne ne paraissait.

— Allons, partons, dit la dame de Maisnières.

— Adieu ! murmura Josine à voix basse.

Et les yeux de la jolie fille se mouillèrent de larmes.

— Vous ne partirez pas seules, mesdames, dit François. Je suis vieux, mais je n'ai pas encore perdu tellement de ma vigueur, que je laisserai deux dames cheminer seules en chemin. Je vais vous conduire jusqu'en vue du château.

François prit son bâton, s'arma de son mieux, et les deux dames ayant fait leurs adieux à Thérèse, prirent la route du château de Nolette. Avant de dépasser le coin du dernier taillis, Josine se retourna encore, puis, ne voyant personne, elle ne put retenir ses sanglots : il lui sembla qu'elle s'éloignait à jamais de celui à qui elle avait voué son existence.

Le panorama qui se déroulait devant les trois voyageurs était des plus magnifiques. Ils étaient sur le penchant d'un côteau dont le pied semblait s'élever de la mer; sur la droite, des marais im-

menses s'étendaient à perte de vue le long des
côteaux de Ponthoile et de Neuville jusqu'à Rue,
dont les murs et les tours semblaient sortir du milieu d'un lac ; au fond s'élevait une terre haute
semblable à une île, où se dressait le château du
Crotoy dont la silhouette se réflétait dans la mer,
et les ruines délaissées de l'abbaye de Mayoc. Dans
les marais, quelques maisonnettes et des plantations
étaient les premiers rudiments du village de Fa-
vières et des hameaux qui l'avoisinent. Plus près
du côteau, était la forteresse de Noyelles, sur une
pointe qui la séparait du château de Nolette. La
mer, sur ce point, se faisait une trouée dans les
marais jusqu'à la tour du Pont-Dieu, élevée quelques siècles auparavant pour défendre ces parages
contre les invasions des Normands. La partie que
couvraient les eaux de la mer était sillonnée par
une quantité de voiles blanches qui animaient le
tableau. Cette disposition topographique s'est bien
modifiée depuis cette époque, et, vue du même point,
la partie maritime n'occupe qu'un faible espace au
milieu des terrains et des plantations qui ont surgi
des sables et des profondeurs.

On arrivait en vue du château de Nolette. Les
trois voyageurs ayant été aperçus, le pont-levis
s'abaissa, deux cavaliers armés sortirent et s'a-
vancèrent sur la route.

— Merci de votre conduite, dit la dame de Maisnières au père François. Voici les maîtres du chà-

teau. Je crois même reconnaître mon très-vénéré cousin le baron de Racheville, seigneur de Nolette.

François s'éloigna, mais non sans avoir entendu la charmante Josine lui dire :

— Dites-lui que nous sommes ici.

Il n'était pas arrivé sur le haut de la côte, que les deux dames étaient reçues par les deux cavaliers.

— Comment, c'est vous, belle cousine, s'écriait le baron. Et qui vous amène en ces lieux et dans cet équipage ?

— De grands malheurs. Le seigneur de Maisnières banni d'Abbeville; nous mêmes persécutées, poursuivies, obligées de nous cacher, de chercher un refuge et un appui.

— Par l'âme de mon père, je suis prêt, charmante cousine, à faire tout ce qui pourra vous être agréable; mais le seigneur de Maisnières ne s'est-il pas un peu attiré cette disgrâce par sa trop grande tiédeur envers les Huguenots ? Je lui ai dit maintes fois qu'il n'était pas assez sévère avec ces mécréants.

Le seigneur de Nolette, avec qui nous avons déjà fait connaissance, était un brave châtelain, un peu disposé à entrer dans les vues de la Ligne, qui promettait de sévir contre les Huguenots incendiaires de fermes et de châteaux. Du reste, il vivait bien tranquille dans son château de Nolette, qu'il avait approvisionné contre toute surprise et où il avait bonne cave, fournie par les vins de Guyenne qui arrivaient par mer au Crotoy. Il était descendu de

cheval, et, tendant grâcieusement la main aux deux
dames, ses cousines, il les conduisit au château
pendant que son écuyer ramenait les deux chevaux.

Josine, encore toute attristée, prêtait une attention indifférente aux choses galantes que débitait le
vieux châtelain : elle regrettait la mansarde du bois,
où elle attendait une visite qui eût compensé pour
elle toutes les peines éprouvées depuis l'arrestation
du seigneur de Maisnières.

— Je le répète, disait le baron, le brave de Maisnières s'est, par sa faute, attiré ces malheurs.

— Dites plutôt, repartit la dame de Maisnières,
qu'il a été calomnié et persécuté par des envieux.
L'assesseur Bromier à qui le duc d'Aumale a conféré des pouvoirs extraordinaires, lui a causé beaucoup de mal.

— Il faut pourtant essayer de le tirer de cette fâcheuse position. Croyez bien, belle cousine, que je
vais m'y employer chaudement.

— Je n'attendais pas moins de votre bonne amitié.

— Je connais ces sortes d'affaires, elles sont toujours malheureuses. Le conseiller mon cousin sera très-heureux si on lui conserve ses biens.

— Vous croyez ? demanda avec inquiétude la
dame de Maisnières.

— Je voudrais arranger cela... je vais y réfléchir
et peut-être ensuite entreprendrai-je un voyage
d'Abbeville : je ne puis laisser ce brave Maisnières
sous le poids d'un aussi terrible coup.

— Ah ! comptez sur toute ma reconnaissance et sur celle de ma fille. Tu vois, ajouta la dame, en s'adressant à voix basse à Josine. Voilà le gentilhomme, l'homme bien né. Ce n'est plus là monsieur Gontran avec sa cabane de bûcheron.

Josine ne répondit rien; mais elle soupirait, en priant Dieu de faire un miracle pour faire triompher les mérites de son amant.

Le baron présenta les deux dames à sa femme et donna des ordres pour qu'elles fussent traitées comme chez elles; elles furent installées dans un appartement où elles eurent toute liberté d'agir et de sortir pour la promenade ou pour se distraire; elles eurent des domestiques pour leur service, et chaque matin elles allaient entendre la messe dans la chapelle du château.

— Voilà une demeure de gentilhomme, disait la dame de Maisnières à sa fille : c'est plus digne de votre naissance et de votre rang que cette cabane de bûcheron, où ce jeune aventurier nous avait entraînées; et où nous faillîmes retomber entre les mains de notre infâme persécuteur. Nous attendrons ici en paix que le seigneur de Maisnières nous soit rendu.

— Je ne sais, madame, si le seigneur de Nolette s'occupera de votre époux; mais au lieu de venir ici j'aurais autant aimé prendre un cheval et courir moi-même à la recherche de mon père dont le sort m'inquiète.

— Vous ne savez à quels dangers vous vous sé-
riez exposée : les routes ne sont pas sûres, chaque
jour des personnes sont volées et égorgées à peu de
distance même des villes et des villages. Remerciez
Dieu qui nous a permis d'arriver jusqu'ici sans
malheur. Nous avons à regretter sans doute l'existence paisible et honorable que nous menions à
Abbeville; mais nous avons un joli séjour, et quand
nous sortons dans le village, les paysans se jettent à
genoux devant nous et nous révèrent à l'égal de leur
dame suzeraine.

Josine pensait bien à autre chose, et lorsqu'elle
restait seule dans sa chambrette le soir, elle priait
Dieu de lui faire revoir ch' quiot Picard en qui elle
mettait toute sa foi et sa confiance.

TABLE DES MATIÈRES

CONTENUES DANS LE PREMIER VOLUME

FIN DE LA TABLE DU PREMIER VOLUME.

6,648 — Abbeville, imp. R. Housse, rue Saint-Gilles, 106.

ON TROUVE A LA MÊME LIBRAIRIE

EN VENTE

OUVRAGE DU MÊME AUTEUR

Histoire de Saint-Valery, 1 volume . . . . . . 3 fr. » c.
Histoire de Rue, 1 volume. . . . . 3 »
Les Deux Sœurs, roman, 1 fort volume . . . . 2 »
Mélanges sur l'Histoire du Ponthieu, 1er vol. 2 »
Recherches sur la configuration des côtes de
   la Morinie, 1 volume avec deux cartes coloriées. 8 »
Ch' quiot Picard, roman, (1er vol.) 1 25

Le Capitaine des Archers, roman, par Ad. FAVRE,
   2 volumes . . . . 5 »
L'Œuvre du Démon, par Ad. FAVRE, 1 volume. . 1 »
Les Mystères du Cœur, roman, par Jules FLAMAND,
   1 volume. . . . . » 50
Relations du Navigateur et du Négociant avec
   la Douane, par L.-A. MARS, 2e édition 1 vol. 2 75

SOUS-PRESSE

Histoire du Crotoy. . . . . 1 volume.
Chasses exceptionnelles sur les côtes de la Manche. 1 »
Ch' quiot Picard, roman, (2me vol.). . . . . 2 »

6,643 — Abbeville, imp. R. Housse.

www.ingramcontent.com/pod-product-compliance
Lightning Source LLC
Chambersburg PA
CBHW061445030726

47503CB00005B/1567